一星 ISSEI

アーティファクトコレクター

Artifact Collector

異世界と転生とお宝と

5

フリッツ
勇者の異名を持つ冒険者。
強力なアーティファクト
閃光の剣の使い手。
ポッポちゃん
頼れるゼンの相棒。
白き空の女王、嵐王鳩(ザ・ストーム)!?
ゼン
転生した元サラリーマン。
神様から与えられた加護によって、
様々なスキルを習得できる。
登場人物
紹介
MainCharacters

アニア&アルン
ゼンに心酔し、つき従う
双子の奴隷。
ゼンの訓練を受けて
高い戦闘力を持つ。
アーネスト
エゼル王国の現王。
エアの父を殺して
王位を奪った。
マルティナ
伯爵家の令嬢だが
他国の戦姫に憧れて
戦場に立つ。
エア
エゼル王国の前王エリックの
血を引くエリアス王子。
父の仇を討ち、王位奪還を目指す。
ジニー
エアの妹、ヴァージニア姫。
元気で活発な女の子。
戦乱を避けて疎開している。

第一章　魔槍

エゼル王国王家の血を引く俺の親友――エアことエリアスが、王位を奪還すべく兵を立ち上げた。

彼の父親のエリックはエゼル王国の先代の王であるが、その弟にあたるアーネストが王位を簒奪し、エリックに味方した者をことごとく粛清したのだ。

当初は俺――ゼンもこの挙兵に参戦するつもりだったのだが、エアは俺や俺の奴隷である双子のアルン、アニアが戦場に赴く事に難色を示した。

依頼を受けてエアの妹ジニーを疎開させた俺は、この戦が彼らにとって勝ち目が薄いという事実を疎開先で知り、独自に敵方の要人の排除や、味方の人質救出を開始した。

先日俺は、エゼル王国の王都に人質として軟禁されていた貴族の母娘を救出し、無事領地に送り届けた。

人質さえいなくなればアーネストの言いなりになる必要はないので、きっと、エアに援軍が送られるだろう。

今俺は頼りになる相方の嵐王鳩――ポッポちゃんとアニアを連れて、とある村へと移動していた。

俺の次なる目的は〝勇者〟に会ってみる事だ。

実力者として知られる勇者が敵に回ると厄介なので、始末するのも手だが、今回は寝込みを襲うような真似(まね)はしない。一度正面から話をしてみようと思っている。

勇者がいるというその村は、エゼル王国に来る以前に住んでいたブロベック村を思い起こさせる。村の周りは畑に囲まれ、近くには森が広がっているが、それ以外には何もない。あとは見渡す限りのだだっ広い平原が続いているだけだ。

人の数も少ないようだ。この村に至る道中でも、数人の商人とすれ違ったきり。お世辞(せじ)にも往来(おうらい)に活気があるとは言いがたい。

いかにものどかな農村という風景で、本当にこんな場所に勇者の称号を持つ者がいるのか、不安になってしまった。

村に入った俺達は、さっそく宿を取り、女将(おかみ)さんに話を聞いてみた。

「勇者？　あぁ、フリッツならギルドに行けばいるんじゃない？　あんた達も物好きだねえ。わざわざ勇者の見物にでも来たのかね？」

勇者の居場所はあっさりと分かった。

ここに来る途中に寄った村でも、勇者がどこかに移動していないか随時確認していたので、ある程度の確信は持っていたが、冒険者でもある彼らは依頼を受けてふらっと旅立ってしまう可能性もあるんだよね。

早速この村の冒険者ギルドに向かった俺は、併設されている飲み屋に足を踏み入れた。昼間だというのに、飲み屋は多くの人で賑(にぎ)わっている。

入ってすぐに聞こえてきたのは、エア達の戦の話題。どちらが優勢なのか、儲けるにはどうすればいいのかなど、荒々しい冒険者風の男達が語り合っている声が聞こえてくる。

勇者らしき人物を探してギルドの中を見渡すと、一番奥の丸テーブルに、周りと比べて一際偉そうな男が一人で腰掛けていた。

二十代後半だと思われるその男は、気怠そうな雰囲気を漂わせている。後ろに撫でつけたブラウンの髪は所々無造作に垂れており、無精ひげと合わさって野性じみた印象を受ける。

年季の入った鎧には多くの傷が残っており、一見して熟練の冒険者だと分かる風貌だ。

探知スキルで気配を確認したが、外見相応になかなかの実力者だった。

この男が勇者と見て間違いないだろう。

辺りを見回すアニアについて来るように促して、俺は勇者に近付いた。

勇者の方も俺に気付いたのか、腕組みしたまま顔を上げて不敵な笑みを浮かべた。

「なんだ坊主、俺に何か用か？　もしかして、勇者の力が必要か？　いいぜ、世界を救ってやる」

いきなり飛び出たアホな第一声に、俺は自分が話そうとしていた内容を忘れるほど混乱した。

「坊主、立ってないでそこに座れ」

俺の顔は大層な間抜け面だったはずだが、勇者はそんな事まるで気にしていないようだ。

とりあえず、もう少し話してみない事にはどうにもならないので、彼に促されるまま、アニアと共に同じテーブルに着いた。

「せ、世界を救ってもらえるのですか？」

もしやこれは彼なりのジョークの一種ではないかと思い、俺も少しふざけて先程の発言に乗ってみる。

「あぁ、俺は、勇者だからな」

しかし、勇者の方は大真面目にやっているらしく、変わらぬテンションで答えた。

凄く中二病の臭いを感じて……頭が痛くなった。

「あの……お仲間の方はいないのですか？」

この男と話しても埒があかない気がしたので、仲間がいないか聞いてみた。

「安心しろ、話を聞けば依頼の危険度は分かる。それに応じて仲間を呼ぶ必要があるか、判断するまでだ」

彼はあくまでも一人で話を聞くつもりらしい。

一瞬、こんな奴の相手をするのが面倒になって、帰ろうかと思った。

だが、俺の探知スキルは彼が本物の実力者だと示している。

まあ、ものは試しだ。世界を救うと言うならば、俺の友達を救ってもらおう。

「実は……私の友が争い事に巻き込まれてしまいまして……」

「ほぉ？」

「是非勇者様に助けていただきたいのです！」

「もちろんだ。子供を助けるのは勇者の務め。聞こうか、詳しい話を。……この俺が！」

勇者は親指で自分を差し、白い歯を見せて不敵に笑った。

「あの、その前に一つ聞きたいのですが、勇者様は前王の息子が挙兵した事はご存知ですか？」

「あぁ。この前アーネスト王から出兵要請が来たぞ。近々発つつもりだが、その前に坊主の依頼くらいこなせるだろう」

「助けてほしい友とは、前王エリックの息子なのですが……」

「……」

こいつ、急に黙りやがった！

さっきまでの自信たっぷりな笑みが露骨に引きつっている。

「あの……？」

「そ、それは無理だなっ！」

あ、日和った。勇者の務めはどうしたんだよ？

一瞬の沈黙の後、勇者は動揺から立ち直って元通りの悠然とした態度に戻った。

もう遊びはいいか……。本題に入ろう。

俺は少し胸を張って勇者をまっすぐに見据えた。

「勇者さん、俺があんたに会いに来た本当の理由は、あんたがその友人の敵になるなら排除しようと思ったからなんですよ。率直に言います、俺と勝負してください」

俺の言葉で勇者の表情が明らかに変わった。先程までまとっていた中二病じみた気障ったらしさは吹き飛び、野性味を帯びた顔に変化している。

「俺が勝ったらあんたは戦には参加しないでください。その証としてあんたの剣を借りていきます。……閃光の剣とやらを他の人に貸し出されても困るんでね。もちろん、今回の戦が終われば返しますよ？　俺が負けた場合は……そうですね、大金貨百枚でどうでしょう？」

「坊主……その話、俺も遊びで済ませる気にはなれねえぞ？」

表情だけでなく、喋り方まで少し乱暴になっている。これが勇者の素なのか？

「もちろんですよ、信頼出来ないなら、神の契約のもとで行いましょう。出来ればお仲間も呼んでほしいな。裏でこそこそ動かれると面倒ですから」

「そうか……いいだろう。ガキと勝負するのが正しいのかどうかは分からねえが、国から勇者の名をもらった以上は受けて立つ」

そう言って勇者はわずかに口角を吊り上げた。どうやら決闘は成立したようだ。

勇者の笑みに誘われて、俺も思わず口元を歪めた。

「ゼン様、何か周りが大変な事になってるのです」

アニアが俺の顔を下から覗き込んだ。

この場にいた全員が今のやり取りを聞いており、酒場の中はいつの間にか大盛り上がりだった。

早くもどちらが勝つか賭けをはじめる奴、頼んでもいないのに決闘会場を探しに走る奴など様々だ。

まあ、大勢が見守る中でやれば、負けた時に言い逃れも出来ないので都合が良い。

しばらくすると、勇者が話しかけてきた。

どうやら野次馬が決闘の場所を確保したらしい。

「ついてきな小僧。ところで……お前、名前は？」

「ゼンです」

「おう、俺はフリッツ・レイだ。一応家名をもらっている。貴族じゃないがな」

「さっきまでと喋り方が違うけど、アレはもうやらないの？」

「あれは……一応外面を勇者っぽく見せる為にやってたんだが、どうも気合が入らねえ。どうせこの村の奴らは素の俺を知ってるんだから、演技はなしだ」

なる……ほど。確かにこの世界では、あの手の芝居がかった気障な態度は受けがいい。

でも、演技と言うわりには、結構楽しそうにしてた気がするけどな。

フリッツの後に続いて決闘の場に向かって歩いていると、道の脇から二人の女性が走ってきた。

一人はエルフ、もう一人は獣人の女性だ。それぞれ胸に子供を抱いている。

「ちょっとフリッツ！　決闘ってどういう事!?」

猫型の獣人が興奮気味に勇者――フリッツに食ってかかった。

「フリッツ……まさかそんな子供相手にやり合うつもり？」

少し遅れてきたエルフの女性もフリッツに非難の視線を向けた。

「子供相手だろうが決闘は決闘だ。ビッキー、ルック、勝ったら街に出て豪遊だ」

「待って、その子おかしい……気配がちゃんと見られないよ？」

ビッキーと呼ばれた猫獣人は、あからさまに俺の事を怪しんでいる。彼女は探知スキルを持っているようだ。

会話の流れ的に、この二人がフリッツのパーティメンバーだろう。

しかし、気になる点がある。彼女達が抱いている子供だ。

まさか子供の父親は……

「フリッツさん、その二人は仲間ですよね？　その子供達は、何なんですか？」

「あ？　俺の子供に決まってるだろ」

「要するに、二人は奥さん？」

「あぁ。最近一緒になってな。まあ、子供が出来ちまったから結婚したってのもあるんだが！」

なるほどねえ。美人の嫁さん二人に可愛い子供か。正直羨ましい。

しかし、こうして奥さんや子供を見てしまうと、いよいよこいつを殺せなくなったぞ……。まあ、あくまで契約に則った決闘だから殺し合いにはならないとは思うが、素直に負けを認めなかったらやむを得ない場合もある。

最悪、脚の一本ぐらい斬り落としても、高レベルなら即死はしないだろう。それで戦意喪失してくれればいい。

いつの間にか、アニアが隣からいなくなっている事に気が付いた。

後ろを振り返ってみても姿がないので探知で気配を探ると、彼女は近くの露店で串焼きを買っているようだ。

アニアが戻ってきたところで、軽く抗議する。

「アニア……君は俺の事が心配じゃないの？」

「えっ⁉　だってあの人って、アルンが二人いたら倒せそうですよね？　なら心配なんていります？」

アニアからのぶ厚い信頼を感じる。だが、だからといって串焼きを買いに行くのはどうかと思うんだ。

……おすそ分けはもらったけど。

決闘の場はギルドから少し離れた場所にある広場だった。

既に見物人が多数集まっている。

決闘を始める前に、契約のスクロールを使って勝ちの定義と勝利者の権利を確認した。

一方が負けを認めるか、死んだら勝敗が決まる。勝者の権利は先程俺が言った通りの内容だ。

俺が勝てばフリッツは戦争に参加しない。彼が勝ったら、俺が大金貨百枚を払う。ちなみに、もしフリッツが死亡した場合は、俺が【閃光の剣】をもらい受ける事になっている。

双方の名前を書き込むと、契約のスクロールは光って消えた。

これで契約完了。このスクロールを使えば、契約の神の名の下に絶対的な拘束力が生じるので、後から条件を覆したり不正したりは出来なくなる。

「よし、やるか。しかし、本当に大金貨百枚をポンと出すとはな……。その自信が本物かどうか確かめてやろう」

既にフリッツの手には彼の象徴である【閃光の剣】が握られており、対する俺はマジックボックス――大量のアイテムを保管出来る腕輪――から、愛用の槍【テンペスト】を取り出して構えた。

その名が示す通り、【閃光の剣】の刃は仄かに光を発している。フリッツは盾を持たずにこの剣を両手で扱うようだ。

双方、軽い準備運動をして、広場の中央で対峙した。

「貴方っ！　負けないでね」

「フリッツ！　負けたらごはん抜きだからね！」

二人の妻の声援に、フリッツは軽く手を上げて応えた。

「ゼン様～、ちゃんとゼン様の方に賭けてるのです！　安心してください！」

アニアは全く俺の心配をしていないどころか、ちゃっかり野次馬達の賭けに乗っているようだ。

一方、ポッポちゃんはとても興奮している様子で「しゅじーん！　勝つのよー！」と、クルウッ！　クルウッ！　と鳴き、回転しながら飛び跳ねている。

ポッポちゃんに手を振ってやると、鳴き声のトーンが一段階上がった。戦い好きなところは結構野性的だよね。

合図を買って出たおっさんが、俺達に近付いてきた。

彼は双方の準備が問題ない事を確認すると、大きな声で開始の合図を告げた。

「はじめっ！」

次の瞬間、フリッツが俺の懐に飛び込んできた。そして、恐ろしく素早い動きで突きを放つ。

俺はそれを【テンペスト】で下から叩いて跳ね上げる。

フリッツは両手が上がったままの体勢になったが、その状態から一歩踏み込んで、強引に袈裟切りの形で剣を振り下ろした。

今度は体を大きく横に反らして奴の剣を躱し、お返しに【テンペスト】を突き入れる。

だが、この攻撃は読まれており、フリッツは素早く後方へと跳んで逃れた。

「やるな……お前。本当に見た目通りの子供か？」

フリッツは不敵な笑みを浮かべると、同時に剣の柄を握り直した。

俺も槍を握る感覚をもう一度確かめる。

「さて、どうですかね？　俺に勝てば、なんでも答えてあげますよ」

「ははっ！　生意気な奴だな。じゃあ、すぐにこの剣と俺の力で、その口を開かせてやろう」

フリッツの視線と俺の視線が絡み合い、お互いに次の一手を探った。

次の瞬間、動きを見せたフリッツが、声を上げながらその場で剣を振り下ろした。

「死ぬなよッ！」

すると、剣の先から光の刃が飛び出してきた。

光斬だ。事前情報で分かっていたが、思っていた以上に光の刃は速く、完全な回避が間に合わない。なんとか体を捻って直撃は免れたが、肩に光斬を受けてしまった。

肩は竜の鱗から作った鎧で覆われている。当たった場所は抉られて、焦げくさい臭いがする。

「……避けるのかよ。しかも無傷か……。お前、聖天のおっさんと同じ事しやがるのか」

フリッツが言う聖天とは、この国でトップクラスの力を持つ三天の一人だ。エアの身の回りの世話をしているグウィンさんの話によると、王都の西側を常に監視している人で、エア達に敵対する事はないらしい。

それはともかく、今ので分かった。

切っ先から光斬が出てくるタイミング、スピード、そして威力。ある程度の変化はあるだろうが、フリッツの様子を見る限り、全力で攻撃を放ったはずだ。

「ふっ！」

フリッツは厳しい顔つきで、もう一度と剣を振り下ろす。

剣の先から飛んできた光斬を、今度は【テンペスト】で薙ぎ払う。

早くも光斬に対応してみせた俺に驚愕するフリッツへ一気に駆け寄って、腹を【テンペスト】の柄で殴りつける。

「グガッ！」

助走の勢いが乗った打撃を食らったフリッツは、体を曲げながら飛んでいく。

地面に激突して転がるが、放さず掴んでいた剣を盾にして体を守ろうとしていた。

大きな隙が出来たので、俺は自身を強化する補助魔法を使った。

「ブレス！　プロテクション！　ストーンスキン！　ストライキングッ！」

本当なら戦う前に掛けるべきだろうが、相手が何も用意しなかったので、それに合わせていた。

「なっ！　魔法!?」

「えぇ、使えるので、やらせてもらいますよ。カースッ！」

俺が魔法を使う事に驚いているフリッツに『カース』の魔法を掛ける。これは相手の身体能力を下げる効果がある。身体能力を上昇させる『ブレス』とは正反対の魔法だ。

会得には魔法技能レベル3が必要で、同レベルの魔法抵抗スキルを持っていれば、高確率で抵抗出来る。はたして彼はどうだろうか？

「くっ！　そんな魔法まで使えるのかっ！」

おっ、見事に掛かってくれたみたいだ。一瞬体がふらついたように見えた。しかし、相手は勇者だ。すぐに慣れるかもしれないから、ここで一気に片を付ける事にしよう。

マジックボックスから取り出した鉄のナイフを、左手でフリッツに投擲する。それと同時に駆け出して、ナイフを払った【閃光の剣】に向かって【テンペスト】を突き出した。

刀身を脇から突かれたフリッツの剣が、後方へ飛んでいく。

目を見開き、俺を見つめるフリッツの足に【テンペスト】を軽く突き刺した。

「ぐぁっ！」

わずかに穂先が刺さった【テンペスト】が発生させた刃風がフリッツの足を抉った。

加減したつもりだったが、その威力は思った以上で、血がこちらまで飛んできた。太い血管を傷付けたのか、ドクドクと赤い血が流れ出している。

俺は、武器を失い片膝立ちで太ももを押さえるフリッツに声をかけた。

「このまま続けますか？　もし続けるというならば、容赦しません。次は首を斬り落とします」

本当はそこまでやる気はないのだが、脅し文句としてはこのくらい言った方が有効だろう。ここで諦めてほしい。

「フリッツもうやめて！　貴方もお願い、彼の負けよ！」

「やめるにゃあああああっ！　フリッツゥウ！」

あぁ、エルフの奥さんは怖い顔して叫んでいるし、猫の奥さんは大泣きしている。なんだか罪悪感が半端ないな……

「フリッツさん、お願いします。奥さんを悲しませないでください」

足を押さえたまま俺をきつく睨むフリッツは、大きなため息を吐いた後、がくりと俯いた。

「負けだ……」

その瞬間、周りから大音量の歓声が上がった。

「おおお、フリッツが負けたぞ！」

「なんだこの少年は！」

俺は勝利の余韻に浸る事なく、急いで【霊樹の白蛇杖】を取り出して『グレーターヒール』を唱える。

フリッツはあっという間に塞がっていく傷口と俺の顔を交互に見比べて、驚きとも呆れとも見える微妙な表情を浮かべる。

アニアが俺の背中に抱きつくのとほぼ同時に、二人の奥さんもフリッツに駆け寄ってきた。

「フリッツッ！　今すぐヒールするから！」

エルフの奥さんが悲痛な表情で呼びかけるが、既にフリッツの傷口は塞がっており、元の綺麗な状態に戻っていた。

「おい、ルック。グレーターヒールって、魔法技能いくつで使える？」

「レベル5だけど、まさか……」

「ふふ……ふははははっ！　おいおいふざけるな、こいつ本物じゃねえか！　そりゃ勝てんわ、ふははは」

フリッツは突然笑い転げた。本物って――俺の事を真なる勇者だと思ったのだろうか。

「完敗だ。まるで歯が立たなかった。光斬が当たっても、この回復魔法があれば意味がないからな。打つ手なしって奴だ」

彼は、清々しい笑顔で更に続ける。

「まあ、この際、お前の正体はどうでもいい。そういえば、お前は俺が敵になる事を防ぎに来たんだよな？　ならば、さっきの契約は一度解除してくれないか？」

「それはどういう意味ですかね？　場合によっては……」

「おっと、勘違いするな。なに、簡単な事だ。俺が戦争に参加しないのではなく、お前の主の味方になるだけの話だ」

うーむ、これは良い展開なのか？

「あー、その顔は疑ってるな？　でも心配はいらないぞ。内容を変えて、もう一度契約をやり直そう。今度は、そうだな……確かエリアス王子だっけか？　その御方や軍には手を出さない、それと命令には逆らわないとでも契約すればいいか」

「それなら良いですけど、何故味方になってくれるのですか？」

「そりゃ、勝つ方が分かったからさ。いいか？　俺をここまで一方的に叩きのめせる奴は、この国にはいないんだ。聖天でも竜天でも氷天でも無理だろう。それどころか、お前はまだ底を見せていない。そんなお前がエリアス王子の味方をしているんだ。勝馬に乗るのは当たり前だろ」

いくらなんでも買いかぶりすぎだと思う。俺一人で何万人もの相手が出来るはずはないからだ。

しかし、勇者が自ら進んで味方になってくれるのであれば、是非とも引き込みたい。

だけど、気になる事があるんだよな……

「それなら是非お願いしたいところですが……本当にいいのですか？　こんなに小さい子供がいるのに」

「だからこそなんだ！　子供を育てるには金がいる。そこまで困ってはいないが、出来れば王都にあるような良い学校に行かせてやりたい。そこでだ、俺を雇わないか？　大金貨二十……いや、十五枚でどうだ!?」

うーむ、この勇者、俗っぽいっ！

でもまあ、分かりやすく金で動いてくれて、その上契約で縛れるならば問題ないか。むしろ大金貨十五枚程度で勇者が動くのだから、安い買い物だろう。

「分かりました、それで契約しましょう。活躍してくれたら、追加報酬も出しますからね」

「あぁ、助かったわ。お前に負けた時点で、勇者の名前を汚したとかなんとか言われて、処分されるかもしれなかったからな」

おい……急に手の平を返した理由はそれかよ……

俺が勇者のしたたかさに呆れていると、彼が思い出したかのように口を開いた。

「あっ、例の演技はまだやるかもしれないが、その時は調子を合わせてくれよ？」

「……好きにしてよ、もう！」

こうして俺は勇者フリッツと契約を交わした。

考えてみると破格の条件で良い駒が手に入った。奥さん達二人は子育てが忙しいので不参加だが、フリッツの実力とアーティファクトがあれば、戦いに大きく貢献してくれるだろう。

今回の成果に思いをはせていると、興奮した様子のアニアが小走りで近付いてきた。

ていうか、さっきまでくっついてたはずなのに、いつの間に俺から離れていたんだ？

「ゼン様っ！　儲けました！　凄いです！　銀貨一枚が金貨二枚に！」

賭けの配当を受け取ったアニアは喜色満面だ。

それにしても、オッズは二百倍か。どれだけ俺は駄目だと思われてたんだよ。

逆に言えば、フリッツが評価されている証でもあるけどな。

喜びで飛び跳ねるアニアを横目に、ポッポちゃんは俺の肩に乗って熱い口づけを迫ってくる。

口づけというよりは、突かれていると言うべきか。

興奮して「主人強いのよー、すごいのよ！」と鳴きながら、何度も何度も突かれる。ポッポちゃん、そんなに求愛されても困っちゃうよ！

フリッツとの契約を終えた俺達は、その日は宿に一泊して、次の日には村を発つ事になった。

エリアス軍のもとへは馬車で向かう予定だ。

事前にポッポちゃんに手紙を運んでもらい、グウィンさんとの接触を図っておくとしよう。

◆

「……」

勇者フリッツを連れて現れた俺を見て、グウィンさんは無言で目を瞑（つぶ）った。

「いや、ちゃんと契約のスクロールで約束を交わしているから、大丈夫ですよ？」

「……もう坊ちゃまには、ゼン君が動いている事は知られています。ですので、今更気にしても仕方がないですが、どう紹介すればいいのでしょうかね？」

目を開けたグウィンさんは何かを悟ったような表情をしていた。

いや、これは諦めの顔か？

そんな俺達の会話を聞いていたフリッツが口を開いた。

「なあに、この俺が、味方に付く。そう言えばいい」

またフリッツの演技が始まっている……。何故それにこだわるのか全く分からない。疑問に思った俺は、隣で微笑（ほほえ）んでいるアニアに聞いてみた。

「なあ、アニア。本当にこういうクサいのが受けるのか？」

「いかなる時でも余裕を持ち、冷静に対処する姿は、格好いいのですよ？」

「まじかよ……」

こんな芝居じみた勇者が良いなんて、さっぱり理解出来ない。俺はまだまだこの世界に馴染めていないのか？

とにかく、ここでフリッツを引き渡さない事には話が進まない。

「まあ、実力は本物ですから。もし、エアの近くに寄らせたくないのであれば、グウィンさんの直属にでもすればいいと思いますよ」

「安心しろ。神の契約には、勇者たる俺でも逆らう事は出来ない」

この契約は奴隷契約に近いものを感じる。フリッツの言う通り、双方合意のもとで行われた契約によって、彼の行動は制限される。

制限というのは、たとえば……契約で禁止されている行為を実行しようと考えると、思考が違う事へと誘導されるらしい。流石神様の力だ。

まあ、契約に使われるスクロールだけでも結構な金額だけど、強制力もそれに見合ってるって事だよな。

契約が結ばれている事で多少安心したのか、グウィンさんは表情を緩めた。

「分かりました、勇者殿はお預かりします。それで、ゼン君は今後どうするのですか？」

「アルン達と合流したら、集結しつつある敵を事前に潰していこうと思います。今後の大規模戦闘を、少しでも有利にしたいですから」

俺の言葉にグウィンさんの表情が曇った。

「ゼン君だけなら心配はありませんが、アニアさんやアルン君は大丈夫なのですか？」

「この子達は後方支援ですよ。危ない事をさせるつもりはありませんから」

そう言って、隣にいるアニアの肩に手をかけると、彼女は微笑み返してくれた。


グウィンさんと別れた後、俺達は少し西に移動して、別行動していたアルン達を探す事にした。

ポッポちゃんに空を飛んでもらったところ、街道に沿って移動している彼らをすぐに見つける事が出来た。

「リッケンバッカー家の二名は無事送り届けました。引き渡しまで見届けたので、問題ないはずです」

アニアの双子であり、俺の弟分みたいなアルンが、キリッとした表情で立派に報告した。

「よくやってくれたな、アルン。偉いから撫でてやろう」

なんだか可愛かったので、グリグリと頭を撫でてやった。

アルンは少し恥ずかしそうにしているが、腹を立てる事はなく、笑顔でされるがままだ。

俺は後方で控えていた狐獣人のセシリャと、俺の奴隷として先日購入した二人――人族の女性で元兵士のパティと竜人族のファース――にも声をかける。

「三人ともご苦労様。今日は美味い食い物を用意しよう」

「お褒めのお言葉、ありがとうございます。ご主人様」

年長で真面目なパティはバカ丁寧な態度で一礼し、ファースも無言で頷いた。そして、笑顔のセシリャは機嫌がいいのか、おどけた様子で言った。

「私も撫でる？　なんてね！」

彼女にしては珍しく、とてもくだけた感じだ。

しかし、本当に撫でようと手を伸ばしたら、逃げられた。


その夜は六人と一羽で、俺のマジックボックスに保存してある高級食材を使った料理を味わった。

ゆでた大エビのサラダに、ワイルドブルの尻尾をトロトロになるまで煮込んだシチュー、もちろん肉厚なステーキも外さない。

料理スキルは俺だけが持っているので、調理は自分で受け持った。

俺の料理スキルはレベル３。一般的にこれくらいあれば、店を出したら繁盛するレベルの料理を作れる。

包丁捌きはもちろん、肉を返すタイミングや火加減など、様々な調理技術でスキルの恩恵を受けられるので、とても上手く調理が出来るのだ。

皆旅続きで、こうしてゆっくり食事をするのは久々だった事もあるだろうが、料理はどれも好評だった。

食事の後は今後の話に移る。

「明日からアルン達には情報収集をお願いするよ。状況は常に動いているから、とにかく情報が欲しい」

俺の言葉に皆頷いたが、ファースは一人だけ不満げな表情をしている。本当は戦いたくて仕方がないのだろう。

それに気付いたアルンが、座っていても見上げるほどの体格差があるファースに声をかけた。

「ファースさん、情報収集中は僕と模擬戦をしましょう」

「っ!? ククッ、アルンのような子供に気を遣われたか。我はガキだな」

ファースは年下のアルンに気を遣わせた事に苦笑した。

具体的にどう動くかというところに話が進むと、パティの経験が役に立った。奴隷になる前は警備兵をしていた彼女は、戦時の兵の動きをある程度把握(はあく)していたのだ。俺も多少の知識は持っているが、現場に勤めていた人間の意見は貴重である。

話が一段落したところで、俺はパティに気になっていた事を聞いてみた。

「今更だけど、パティは俺の下で動く事をどう思ってるんだ？」

「それは、祖国に盾突くのが気にならないのか、という事ですよね？ 奴隷に落ちた身としては、ご主人様の指示に従うまでです。……ただ、本音(ほんね)を言えば、この戦でご主人様が功を成すほど、私の今後が明るくなるとも思っています。お恥ずかしいですが、やはり奴隷の身ですから……」

素直な意見だ。そして、本心を語っていると思える。

彼女には数年は奴隷生活を頑張ってもらうつもりだ。しかし、この戦が終わったら、働きによっては褒美(ほうび)として何か本人が望む物を与えるのもいいかもな。

続いてもう一人の奴隷であるファースにも同じ質問をする。

「我は、武を向上させる事が出来るならば、どこにでも行こう」

思っていた通りの答えで安心するわ。まあ、そう言うのであれば、今後は戦う機会を与えて頑張ってもらおう。

そんな事を考えていると、ファースが続けた。

「それにしても主、アルンは素晴らしいな。この歳で我と打ち合えるとは思わなかったぞ。もしかして、アニアも同じくらいなのか？」

「この子は魔法の方が得意だからな。ファースの好みじゃないと思うよ」

「ほう……主がそう言うのであれば、相当なのであろうな。あの歳で魔法だけで戦えるとすると、実に貴重な……」

ファースは感心した様子でしきりに頷く。

隣に座るアニアを見てみると、パティと楽しそうに話し込んでいた。本当にこの子はすぐに他人と仲良くなるな。

話し合いの結果、俺はまた単独で動く事になった。

とはいえ、もうすぐ起こる大規模な戦闘には間に合うように、定期的に戻るつもりだ。

まだまだ忙しいだろうけど、ジニーと交わしたエアを救うという約束を果たす為にも、気合を入れて頑張ろう。

◆

「何故追い付かぬっ⁉　貴様ら馬を潰してでもあいつを殺せ！」

俺の後方からは男の怒号と、大地を蹴る馬の足音が聞こえてくる。

一瞬振り返って確認すると、十人ほどの追手が見えた。

どいつもこいつも、立派な鎧を着てやがる。

「待て貴様ァ！　よくも父上をッ！」

待てと言われて待つ奴はいない。俺は速度を維持したまま走り続ける。

高レベル、高スキル値で増強された身体能力に補助魔法を組み合わせると、馬でも追いつけないほどの速さで走る事が出来る。

もちろん全力疾走なので長時間は無理だが、今追ってきている彼らを突出させて軍団から引き剥がすには十分だ。

そろそろいいだろう。

俺は走る勢いを落とさず、前方に高く跳びあがる。

空中で体を反転させ、マジックボックスから取り出したナイフを両手に持つ。

俺を追いかけてきた相手が視界に入ると、両腕を交差させてナイフを投擲した。

銀色の直線を描いて飛んでいくナイフは、こちらに向かって駆けてくる騎士の首に吸い込まれた。

投げたナイフの数と同じ、二人の騎士が落馬する。俺は地面に足が着くまでの間、更にナイフを投げ続けた。

「あぁ……貴様は、何者なんだ……。や、やめっ……っ！」

驚愕の表情を浮かべる最後の一人――敵方の子爵家の嫡男だと思われる男の眼球に、鉄のナイフを投擲した。少し残酷だと思うが、他の場所は頑丈そうな全身鎧と兜で守られているので仕方がない。

急いで死体をマジックボックスにしまい、上空で旋回していたポッポちゃんを呼び寄せる。

そして、すぐに先程始末した子爵の兵達がいる方角へと移動する。

草原に囲まれた一本道には、多くの兵士がひしめきあって、周囲を警戒していた。

隠密スキルを使って近付くと、胸部に鉄の槍が突き刺さって絶命している当主の姿が見えた。

周りでは、側近と思われる男達が無念そうに涙を流している。

敵兵の意識が当主に集まっている中、俺は密かに着地し、彼らが移送している兵糧をまるごとマジックボックスに収納して奪い取った。


敵方の貴族一団を始末した俺は、一度アニア達のところに戻り、次の目標に関する情報を尋ねた。

「次はシューカー伯爵の軍がこの道を通るのです。皆が集めた情報通りなら、あの作戦をするのですか？」

アニアが机の上に置かれた手描きの地図を指差しながら、敵に見立てた石を動かして提案した。

すると、パティが横から顔を出して異なる意見を出す。

「それより、先にゲージ子爵の飛行部隊を潰した方がいいかもしれません。あそこは伝令も兼ねてろ？」

「シューカー伯爵はもう少し前進させても問題ないです。アニア、もっと先まで道は見てきてるだ
二人の意見を受け、アルンが状況を分析する。

ファースも同意のようだ。

「うむ、我も飛竜が地面に留まっている今が好機だと思うぞ」

いますから、優先順位は高いはずです」

指先で地図上の道を辿ったアニアは新たな場所を指示した。

「うん、それなら……この位置まで進ませてもいいのです！」

四人が集めて来た情報を元に、次の目標を定めてくれている。

最終的な判断は俺が下すが、アニアとアルンの勉強を兼ねて任せてみる事にした。パティとフ
ァースの二人がいるので、素人の俺が意見をしなくとも問題はないだろう。

そんな四人の話に耳を傾けながら、俺はポッポちゃんの小さな頭を撫で続ける。

片手で掴めてしまうほどの頭部に生える細かな羽毛の手触りはとても柔らかい。

頭を撫で終えた後は、翼を広げて汚れがないか確かめる。美しい白さを保っている事を確認した
ら、翼の付け根を指で揉んで優しくマッサージする。

「ポッポちゃん、ここが気持ちいいのか？」

俺が呼びかけると、ポッポちゃんは「もっと強くなのよ……」と、クゥクゥ切なげに鳴きだす。

俺は更に力を込めて、強張った筋肉を揉みほぐした。

力が加わる度に、ポッポちゃんの鳴き声が響く。

目を閉じて快感に酔いしれるポッポちゃんに最後の一揉みを加え、マッサージは終了した。

「ゼン殿、なんだか手つきがエッチなんだけど……？」

四人の会話には加わらず、一人でチビチビと果実酒を飲んでいたセシリャが、いつの間にか俺の隣に移動していた。

真面目にポッポちゃんを癒していたのに、そんな風に思われるとは心外だ。なんならセシリャにもマッサージしてやろうかと言おうと思ったが、アニアがじっとこちらを見ていたからやめておいた。


アルン達の話もまとまったようなので、ポッポちゃんを膝からおろして声をかける。

「話はまとまったのか？」

アルンの肩に手を掛けて、机の上に広げた地図に目を落とす。

「大体まとまりました。あとはこの中からゼン様に選んでもらうだけです」

地図上には数ヵ所にバツ印が描かれていた。

俺は、アルン達が立てた作戦に少しばかり修正を加えて実行する事にした。


勇者フリッツをグウィンさんに引き渡してから数日が経つが、北上を続けるエア達の軍は、まだ敵の大規模な軍と当たる気配はない。次なる戦いの場所は、王都南の街フォルバーグ周辺になる見込みだ。

街の近くではあるが、攻城戦にはならないと予想されている。

兵数はこちらが八千、現王側がおよそ一万五千。

敵にはこちらを大きく上回る兵数があるので、わざわざ籠城などせずに野戦で一気に蹴りをつけにくるだろう。

流石に二倍近い兵力差があると、絶望的な気分になる。

しかし、いくら嘆いていても状況が変わる事はない。

大局からすれば小さな成果でしかないが、俺は引き続き現王軍に合流しつつある敵を襲撃して兵力を削いでいる。

当主の殺害や、食糧の強奪などを行い、二千程度の兵の合流を阻止して引き返させた。

思った以上の成果を上げられていると思う。

もちろん全て成功している訳ではなく、失敗も積み重ねた上で、だけどね。

しかし、時間が経つにつれて多くの諸侯が現王軍に合流している為、次第に俺が手を出せる相手も少なくなってきている。

あと数日のうちには部隊の集結が終わりそうなので、今のうちに襲えるところは片っ端から襲うつもりだ。

襲撃の過程でいくつかのアーティファクトらしき物を見かけた。

アーティファクトは戦局を左右する強力な兵器だ。

戦争状態になると、貴族達は戦功を立てようとして家宝のアーティファクトを持ち出すのだろう。

しかし俺は、基本的に遠距離から投擲で当主の殺害を行っているので、彼らがアーティファクトを持っていても、敵兵の真っ只中の死体に近付いて回収する事は出来なかった。もっとも、最近は一軍くらいなら一人で相手に出来そうな気もしているけど……

そんな中、俺は幸運にも一つのアーティファクトを手に入れた。

名称：【火の指輪】
素材：【ミスリル　ルビー】
等級：【伝説級】
性能：【マナ増幅　火魔法強化　火精霊召喚】
詳細：【火の神のアーティファクト。装備した者のマナを増強し、火魔法を強化する。また、火の精霊を呼び出す事が出来る。火の精霊は召喚者の意思で操作が可能】

炎をモチーフにした装飾が特徴だが、一見すると普通のルビーをあしらったミスリルの指輪のようである。

持ち主は使う前に死んでしまったので、死体から拝借して鑑定し、はじめてこれがアーティファクトだと分かった。

検証の結果、マナの増幅は最大値の一・五倍の上昇が認められた。

火属性の魔法に関しては約二倍の威力上昇だ。

試したところ、魔法威力の増幅効果がある『医術と魔法の神の加護』と【霊樹の白蛇杖】にも相乗効果があった。

組み合わせると魔法技能レベル1で会得可能な『ファイアアロー』が、魔法技能レベル3の『ファイアボール』を超える威力になっていた。

『ファイアボール』は命中時に爆発するので、厳密には効果が違うが、『ファイアアロー』が命中した木は一気に燃え上がった。

もちろん『ファイアボール』の方も相当威力が強化されていて、爆発に巻き込まれた大木の幹をことごとくなぎ倒すほどだ。

もう一つの効果、火精霊召喚は、火の玉のような、宙に浮かぶ炎の塊を四つ呼び出すものだった。

自分の周りをクルクルと回り、回転数の変更や狙った方向へと飛ばす事などが出来る。

人型のファイアエレメンタルが出てくるのかと思っていたのだが、これはこれでかなり面白い。

この指輪を手に入れて、攻撃方法を魔法に鞍替えしてもいいんじゃないかと真面目に考えてしまった。

しかし、やはり俺には投擲が一番合っている。

アニアに使わせようと思って指輪を手渡したら、彼女はしれっと左手の薬指を指定してきたので、中指に無理やり嵌めてやった。

◆

林に入ってしばらく進むと、木々に遮(さえぎ)られていた視界が急に開けた。

そこには多数の兵と小型の飛竜の姿があった。

探知スキルで状況を確認すると、小型の飛竜――レッサーワイバーンが二十と、人間が四十程度いるようだ。

昨日アルン達が立てた作戦に従って、俺はゲージ子爵が運用する飛行部隊を叩きに来た。

……いい加減貴族の家名を覚えるのが怠(だる)くなってきたな。

さて、この飛行部隊はエゼル王国でも名の知れた部隊らしく、パティとファースは機会があるならば優先して潰すべきだと主張していた。

実際に目にすると、その考えは正しいと感じる。

レッサーワイバーンが強力なのはもちろんだが、それに騎乗する兵士の装備も質が良さそうな物ばかりで、見るからに精鋭(せいえい)といった様子だ。

半数以上の人間がマジックバッグ、もしくはマジックボックスと思(おぼ)しき物を備えている。

これらを利用して上空から投石などを行うという話で、かなり嫌な動きをするらしい。

その戦法は俺も考えていたのだが、やはり有効なようだ。

隠密を展開してしばらくの間潜伏していると、兵達は火をおこして休憩(きゅうけい)しはじめた。

動く様子がないならば、そろそろ襲撃を開始しよう。

まず俺は、数種の毒草から作り出した粉を卵の殻に詰めた物を、マジックボックスから数個取り出した。これは、ジニーを護衛する時に立ち寄った街で新しく見つけた毒草を配合しているので、以前よりも強力になっている。

即死するほどではないが、神経に影響を及ぼす為、吸い込むと身動きが出来なくなる。ゴブリンが相手なら、数分で呼吸が止まって息絶える威力だ。

相手に飛んで逃げられると厄介なので使ってみる事にした。

俺に広範囲攻撃があれば、別の手段を講じたと思うけど。

敵の襲撃なんて全く想定せずにのんびり待機している奴らに卵を投げつける。

奥から手前へと順番に、広範囲に及ぶよう連続で投擲。割れた卵から飛び散った粉末が風に運ばれて広がっていく。

効果はすぐに現れて、次々と苦しむ声が聞こえはじめた。飛竜にも効果は絶大で、激しい叫び声を上げて苦しそうに悶えている。

襲撃を察知した兵達が騒ぎ出す。

「襲撃だッ！　今すぐ飛べ！」

一際立派な装飾が施された革鎧を着ている男が叫んでいる。布で口元を押さえているのを見ると、何をされたのか理解しているのだろう。短時間でここまで的確な対応が取れるのは驚きだな。

半数以上の飛竜が毒を吸って地面に横たわったが、十四ほどは翼を大きく羽ばたかせ、漂う粉を自分に近付けないようにしている。

しかし、その分舞い上がった粉が遠くへ広がり、逃げていた兵を巻き込む事になった。

毒の粉から逃れられた数匹の飛竜の背中に兵の姿が見える。

どうやら飛んで逃げるつもりのようだ。

当然、逃がす気などは微塵もない。

俺は鉄の槍を取り出して飛竜目掛けて続けざまに投擲する。

胸の真ん中を串刺しにされた一匹は即死し、足を貫かれた別の一匹は苦痛のあまり乗っていた兵を振り落とし、そのまま落下して地面の上でバタバタと暴れ回っている。

次の投擲で更に一匹の飛竜を仕留めたが、結局二匹の飛竜が飛び上がってしまった。

まあこれくらいは仕方がないとして、俺は地上にいる残りの飛竜を片付けていく。

まだ毒の粉が漂っているので不用意に近付く事は出来ない。毒の攻撃は有効だが、こういうところは不便だな。

それに、戦利品の回収時には念入りに洗い流さないといけないので後始末も面倒だ。

毒の影響範囲外から兵にはナイフ、飛竜には槍を投擲する。

俺は一方的に攻撃し続け、視界にいる奴らは全て地面に倒れ伏した。

空に逃した飛竜と兵士は放っておいても問題ない。

毒の粉が落ち着くまでその場で待機していると、空から人と飛竜が落ちてきた。上空で待機していたポッポちゃんに追撃されたのだ。

その後、すぐにもう一組の人と飛竜も墜落した。

ある程度毒の粉が収まったところを見計らって口に布を当て、死体や物資を根こそぎ回収する。

この場所に残ったのは、荒れた地面と染み込んだ血の跡だけだった。


林を抜けて平原に出ると、空からポッポちゃんが舞い降りてきた。

ポッポちゃんを胸に抱き、労をねぎらいながらアルン達が待機している馬車に戻る。

少し離れた場所には、先程林から逃げ出した兵達が捕虜として拘束されていた。

敵兵を縛り上げながらアルンが言った。

「林の中から逃げてきた人達は、全員捕らえています。数名は抵抗が激しかったので、ファースさん達が倒しました」

林の外側にはアルン達五人を配置して、逃げた奴らを捕まえるように指示をしていた。

ファースは激しく抵抗した数人を殺害したようだ。まあ、これぱかりは仕方がない。刃物を持って暴れる奴を無力化して押さえつけるなんて、俺だって簡単には出来ないだろう。

「皆、ご苦労様。怪我はないよな？」

俺が皆を見回していると、アニアが駆け寄ってきた。

「ゼン様！　ここ怪我したのです！　ヒールしてください！」

「お前は自分でヒール出来るじゃねえか……」

「ゼン様にしてほしいのです！」

アニアはどうやら怪我が云々というよりも、俺に構ってほしいらしい。

彼女は今、敵に正体を知られないようにする為に全身を覆う黒いローブを身につけている。仮面もつけているので、本当に痛がっているのか表情も分からない。

だが、そんな俺達の様子を見ていたアルンが、呆れた様子で口を開いた。

「ゼン様、アニアは無視してください。それ、お菓子食べながら歩いていた時に躓(つまず)いただけですから」

「ちょっと、アルン！　それは言わなくてもいい事なのです！」

なんだかアニアのテンション高めだな。人との戦いで気が昂(たか)ぶっているのか？

「分かった、治してやるから、膝出せよ」

そう言うと、アニアは裾(すそ)を少し持ち上げて足を差し出してきた。確かに擦(す)りむいて出血しているので、ヒールで治療してやる。

その時、俺は気付いてしまった。アニアの足が少しばかり震えている事に。

「アニア、人と戦ったのが怖かったのか？」

アニアは小さく頷いた。

「……ちょっとだけ、怖かったのです」

訓練では何度も人と戦っていたが、自分に殺意を抱いた相手との戦闘は、考えてみたら今回が初めてな気がする。アニアが甘えてきたのはそのせいか。

アニアもアルンも亜人や魔獣との戦闘で命のやり取りには慣れきっていると思い込んでいた、俺のミスだな。

極力相手を殺すなと言っているのも、大きな枷になっているのかもしれない。

だが、この世界ではとても身近なところに暴力が存在するのだ。自分の身を守る為にも、少しずつでも慣れていってもらうしかない。

沈んだ様子を見せたアニアの頭を撫でると、捕虜になった敵兵が何か言っているのが聞こえてきた。

「こんな少数にやられたのか……」

「クソッ、よくも隊長をっ！」

「俺達はどうなるんだ……？」

彼らはそれぞれ怒りや不安の言葉を口にしている。

「さて、捕虜は早いところグウィンさんに引き渡すか」

捕虜達は頭から袋を被せて身動きが取れない状態にして、グウィンさんに引き渡す事にする。

この場で全員殺してもいいのだろうけど、抵抗出来ない相手を手に掛けるのは、ちょっと気が引けるんだよね。

またグウィンさんに手間をかける事になるが、前線の状況や今回襲撃した奴らの報告も合わせて行うつもりだから、それで許してもらおう。

そこで俺は、ふとある事を思い出した。

「そういえば、こいつらの親玉のゲージ子爵はどこ行ったんだ？」

飛行部隊を潰すのが最優先だったので、子爵の事は全く気にしていなかった。

アルンが俺の言葉に反応した。

「それなら本隊に陣を構えています。ここの部隊は伏兵として置き、背後から攻撃でもさせるつもりだったのでしょう」

なるほど、飛行部隊を分けて別働隊として動いていたのか。

あの隊を率いていた男は毒に対する判断も的確で、周りを鼓舞して逃がそうとしていたな。

余裕がないから殺してしまったけど、少し勿体なかった。まあ、今更言っても遅いから、気にするだけ無駄か。

◆

翌日、俺はアニアが指示してくれた待機ポイントで、次の目標が来るのを待っていた。

この場所は道に沿って続く高台で、道との距離は大体百メートルほど。

視界は良好で道を見渡せるし、後方は深い森になっており、何かあった場合の逃亡も容易だろう。

アニアはかなり考えて選んだようだ。

さて、今回の目標はシューカー伯爵家だ。

この伯爵は殺してはいけないリストに入っている。

彼は今でも前王時代と変わらぬ善政を敷き、領民からの信頼も厚く、そして何より力を持つ。

今回はエア達と敵対する事になったが、今後の国政で必ず役に立つ人物とされている。

では何故目標にしたかと言えば、伯爵には〝ある弱点〟があるからだ。

失敗する可能性は高いのだが、そこを突けば兵を引いてくれるかもしれない。どの道、もう狙える相手は片手で数えるほどしかいないのだし、挑戦してみる価値はある。

駄目そうなら逃げればいいだけだ。

一時間ほど待つと、道の先からこちらに近付いてくる一団が見えてきた。

掲げている旗の紋章は、アルンに描かせた紋章と一致している。間違いなくシューカー伯爵軍だ。

情報では総勢二千五百の兵を率いており、その質は高いらしい。

統一された意匠の鎧と武器を身につけ、騎兵が乗る馬は力強く、歩兵も一糸乱れぬ足並みを見せている。

その中に、一際目立つ集団がいた。

周りとは異なる美しい装飾が施された白い鎧をまとった女性達の一団だ。

その中心に守られるようにしているのは、これまた特別製の白い鎧を身につけ、白馬に跨った人物。遠目ではあるが、綺麗な金髪をなびかせている。

白薔薇兵団と名乗るこいつらは、伯爵軍の遊軍として配置されている。

その兵団を率いる隊長が今回俺が狙う目標であり、伯爵の弱点ともいえるシューカー家の長女、マルティナ。

自らを戦姫と名乗り、部隊を率いる将だが、おそらく今回の戦いが初陣だ。

パティ曰く、シーレッド王国にいるという本物の戦姫に憧れて、真似をしているらしい。所詮真似事なので、マルティナの実力は大した事はないと聞いた。

要するに、お嬢様のお遊びである。

こんなお遊びが許される理由は、シューカー伯爵が極度の親馬鹿(ばか)だからだ。領地の運営は優秀な人物でも、自分の子供に対しては弱かったという訳か。

いや、もしかしたらそこまでの親馬鹿だからこそ、子供の為に領地運営を頑張った結果、優秀と言われる領主になったのかもしれないぞ。う〜ん、ないか……

という事で、今回はこのマルティナ嬢(じょう)を攫(さら)いたいと思う。

さて、最初の作戦は〝可愛いポッポちゃんの魅力でおびき寄せる作戦〟だ。

可愛いポッポちゃんが目の前に現れれば、人は誰しもその後を追ってしまうだろう。

そして本隊から離れた彼女は、俺に気絶させられて、そのまま連れ去られる。

……分かっている、穴しかない事は。

だがこれは、セシリャが思い付いた唯一の作戦なのだ。難しい事は分からないからと言って、いつもは作戦会議には参加せず、一人寂しく酒を飲んでいる彼女が、自分で考えて手を上げたのである。

あの人見知りのセシリャが……と、以前の彼女を知っている俺達は、思わずハンカチを濡らした。

全て言い切った後の晴れ晴れとした笑顔が、「言ってしまった」という後悔(こうかい)と不安の表情に上塗られていく様は、忘れられない。

そんなセシリャの思いを汲(く)んでやるのが人情というものだ。

俺はポッポちゃんに指示を出す。

まずはマルティナの近くで羽を休めるように伝えると、「はいはい、なのよ！」とクゥクゥクゥーと鳴いて応えてくれた。

上空で大きく一度旋回し、マルティナの近くに降り立ったポッポちゃんは、少々わざとらしく、地面をクチバシで突きながら、徐々に彼女のもとへ近付いていく。

ポッポちゃんに気付いたマルティナが、周りの女性に声を掛けている。

女性の一人が腰に着けている袋から何かを取り出すと、ポッポちゃんに向かって投げる。

ポッポちゃんは地面に落ちたそれをじーっと見つめると、足で蹴飛ばして、投げてきた女性に返した。

どうやらポッポちゃんのお眼鏡に適う物ではなかったようだ。

白薔薇兵団の面々に笑い声が広がり、次々と食べ物らしき物がポッポちゃんに向かって投げられている。

ポッポちゃんはその中の一つをクチバシで掴むと、美味しそうに食べはじめた。

一人の女性が馬を下り、ポッポちゃんを捕まえようと背後から飛びついた。

だが、そんな事は当然気付いているポッポちゃんは、羽ばたき一つで上空まで飛んでいき、俺の背後の林へと逃げ込んだ。

作戦は見事失敗。まあ、こんなものだろう。貴族のお嬢様本人が飛びつくはずないよな……

次の作戦は〝俺が攻撃を加えて、追っかけてきた戦姫を捕まえる作戦〟だ。

出来れば隠密を使って近付いて、一気に連れ去りたい。

だが、いくら女性とはいえ、鎧を着た人間を抱えたままでは馬から逃げ切れる速度で走れない。

なので、一度攻撃を加えてマルティナを誘いだそうと思っている。

これもあまり高い成功率は望めないだろうな……

まあ、とにかく〝事前情報〟が正しい事に期待して、実行してみよう。

仮面とマントを身につけて補助魔法を掛けたら、隠密を展開して高台を下りる。

ゆっくりと行軍する列に近付いていくが、向こうは俺の接近には気付かない。マルティナの駆る白馬の真横に移動して、並走しながらタイミングを窺（うかが）った。

よし……この辺りでやるか。

俺は、マルティナの近くを進む馬車の車輪を狙って槍を投擲した。

槍が命中した車輪は激しく音を立てて壊れ、後輪を失ってバランスを崩した馬車が、引きずられながらゆっくりと停止する。

攻撃をした事で、俺の隠密スキルの効果が解除された。

今までにこやかな表情を見せていた兵達の空気が一気に変わり、彼らの視線が俺に集中する。

俺はすかさず反転し、一目散に逃亡を開始した。

振り向くと、誰よりも立派な馬に乗っているマルティナが先頭を駆けて俺を追ってくるのが見える。

裏では猪武者（いのししむしゃ）と呼ばれているという事前情報は、本当だったようだ。

「仮面の男！　止まりなさいっ！」

後ろから凛々しい声が聞こえてくる。いかにも貴族のお嬢様といった、高飛車な口調だ。

マルティナの白馬はそれなりの速度が出ているが、それでも短時間で俺に追いつく事は出来ない。

彼女との距離を維持しながら、シューカー伯爵本隊との距離を引き離す。

俺を追っているのはマルティナだけではない。彼女の後ろから白薔薇兵団が必死の形相で俺――というよりは、マルティナを追いかけている。

白薔薇兵団の皆さんは、俺にとって不要な存在だ。ここで退場してもらおう。

俺は走る勢いのまま前方へと跳び上がる。空中で体を反転させ、両手に殺傷能力の低い小さな青銅の玉を取り出した。

今回は伯爵を殺さずに追い返すのが目的だ。兵士もなるべく殺したくない。それに、追手の大半がマルティナの部下の女性なのだ。

スキル次第では体格的に劣る女性も優秀な戦士になれる。女性だからというだけで区別する気はないのだが、やはりムサい男どもとは扱いを変えたいのが、男の本音だ。

それに目の前で部下を殺されたとあっては、いくらこちらが丁寧に対応しても、マルティナは反抗的になるだろう。

俺は両腕を振るい、マルティナ以外を狙って青銅の玉を投擲する。

数人がそれをまともに食らい、落馬した。スピードが出ているから多少怪我はするだろうが、それは許してほしい。

後続に踏まれないように配慮したので、多分死なないはずだ。

続けて二度ほど投擲をして更に数を減らす。

追手がマルティナを含めて数人になったところで、少し速度を落として追撃の手を緩めさせないよう加減する。

「姫様っ！　おやめくださいッ！」

「貴様らッ！　飛び掛かってでも姫をお止めしろ！」

まだ残っている白薔薇兵団の面々が焦りを露わに制止の声を上げていた。

あまりにも必死なので後ろを確認すると、そこには嬉々とした表情でこちらに向かってくるマルティナがいた。

「はっ!?　マジかよ！」

思わず驚きの声を上げてしまった。

なんと彼女は馬から降りて走っていたのだ。

その速度たるや、俺の走りに追いつくほどで、段々と距離が縮まっている。

びっくりした俺は速度を上げて再度引き離そうとするが、それでも距離は詰まる一方。

後ろにいた白薔薇兵団は置き去りにされ、今や俺とマルティナの独走状態だ。

これにはゾッとした。

探知で感じる気配は大した事なかったのだが、もしやこの女は、俺が探知出来ない力を隠し持っているのか。

だとするとまずい。マルティナとやり合いながら、更に二千を超える兵の相手をするなんて出来るはずがないからだ。

段々と近付いてくる縦巻ロールのお嬢様が、鮮やかな色をした唇を歪ませてニヤリと笑っている。

ややつり目がちの可愛らしい瞳は、獲物である俺を映してギラギラと輝いていた。

とうとう俺の横を通り抜けて前方に躍り出たマルティナが、身を翻して立ち塞がった。

「諦めなさい、賊っ！　我が剣に沈みなさい！」

可愛らしい顔からは少し意外に思える凛とした声を上げると、細身の剣を抜き放って俺を突いてきた。

しかし、その剣筋は大振りで、あまり褒められたものではない。

俺はまだ走っている途中だったので、いきなり止まる事は出来ず、そのままの勢いでマルティナに突っ込んだ。

体を少し横に反らして切っ先を躱し、突き出された細い手首を掴む。

このままでは正面から激突するので、彼女の腕を引き、そのまま抱きかかえる事で衝突を回避する。腕を捻ってしまった為かなりの苦痛を与えたかもしれないが、マルティナはなんの抵抗もなく俺の腕の中に収まった。

「ちょっ！　無礼者!!　苦しいですわ！」

マルティナが抗議の声を上げるのもお構いなしに、彼女を強く抱きしめた。

彼女の手にはまだ剣が握られているので、自由にさせる訳にはいかない。

マルティナはバタバタ暴れて逃れようとしているが、それほど力を感じない。

剣の扱いもセンスがなさそうだし、これでは先程見せた足の速さだけしか取り柄(え)がないんじゃないか？

もしやと思い、俺は改めてマルティナの体を見回して装備を確認する。

貴族だけあって、白い女性用鎧をはじめとして、全身を高級そうな装備で固めている。

しかし、その中でも特に目を引いたのは、とても豪華な装飾が施された脚甲(きゃっこう)だ。

気になって鑑定をしてみると、俺の予想は当たっていた。

名称：【健脚の脚甲】
素材：【オリハルコン　プラチナ　金】
等級：【伝説級(レジェンダリー)】
性能：【脚力大強化】
詳細：【防犯の神のアーティファクト。装備した者の脚力を強化する】

まさか強いのではないかと思ったが、要するにこいつは、アーティファクトの力で俺に追いついただけで、それ以外はめっきり駄目って事だ。

それが分かると、ちょっとイラッときた。

ビビらせてくれたお礼をしよう。

俺の胸の中で拘束されているマルティナを、片手で脇に抱えるように抱き直す。

「なっ!?　危ないから、放しなさい！」

マルティナが抜け出そうとして暴れたが、俺の膂力には全く敵わない。

しきりに何か叫んでいるが、マジックボックスから睡眠効果のある草を用いた香を取り出して黙らせる。

煙が後ろへ流れてしまうが、鼻先まで近付けてどうにか嗅がせる事が出来た。

マルティナがぐったりしたところを見計らい、俺は足を止めて振り返った。

そして、ナイフを彼女の首筋に当てて、こちらに向かってくる兵達に叫んだ。

「そこで止まれ！　追って来るならば、この女は死ぬぞっ！」

俺の言葉に、白薔薇兵団やその他の兵士の馬が速度を落とした。

我ながら相当酷い事をしていると思う。だけど、追ってこられても困るので仕方がない。

「皆止まれッ！　止まらぬなら俺が叩き斬るぞ！」

先頭付近を走っていた男が馬を止め、馬上から叫んで味方の動きを制した。

「姫様を返してほしい。条件はなんだ？」

男は馬から下りると、数歩こちらに近付いてきた。

「シューカー伯爵が率いる兵の撤退だ。それが済んだらこの娘を返す。安心しろ、お前達が言う事を聞く限り、絶対に危害は加えないと約束しよう」

「……貴公はエリアス軍の者か？」

「さあな。だが彼に味方する者ではある。悪いが、早く決断してくれ」

俺と男が話をしていると、後方から騎乗した男が猛烈な速度で駆けつけてきた。

「マルティナッ！　貴様、娘を放せっ！」

身なりや口ぶりからすると、シューカー伯爵ご本人のようだ。

「落ち着いてください、お館様。今交渉をしています」

「なんだとっ⁉　クッ……して、状況は？」

最初は激昂していたが、すぐに冷静さを取り戻して、こちらを油断なく睨みつけてきた。

「彼は撤兵を要求しています。おそらく敵軍の手の者かと」

男が説明をすると、シューカー伯爵が険しい表情で口を開いた。

「賊が……。兵はどこまで引けばいいのだ」

「領地までお戻りください。そうすれば、マルティナ様を無傷で解放いたします」

「……貴様のやっている事は、戦いを汚す事だと分かっているのか？」

「さぁ？　私は貴族ではないので、そんなものは知った事ではありません。申し訳ありませんが、早く決めてくださいませんか？　このままだと焦ってマルティナ様の綺麗な喉に傷をつけてしまいそうです」

貴族達は体面を気にしているのか、戦に臨む姿勢が思っていた以上に甘い気がする。

勝てば官軍という言葉があるくらいだから、この程度の脅迫をするのは当然だろ。

「……分かった、とりあえず兵は引く。だが、マルティナを一人残すのは不安だ。誰かつけさせてくれ」

「申し訳ないですがお断りします。このまま反転して領地までお戻りください。安心してください、必ずや傷一つ付けずにお返しいたします。……信じられないでしょうが、これは伯爵にとって間違いなく良いお話になるはずです。この戦はエリアス様が勝ちます。後の事を考えれば、今は兵を引くのが最善なのです」

「それなら、王軍相手に戦えと命じれば良いだろう」

「いえ、この段階で加わられても不安要素になります。今回の戦は静観なさってください」

シューカー伯爵はこちらまで聞こえる歯ぎしりをした。

しかし、俺が抱える娘の姿を見ると、目を閉じて、深く息を吐いた。

「退こう……」

シューカー伯爵は目を閉じたままそう言う。

だが、次の瞬間にはカッと目を見開き、鬼の形相を見せた。

「だが、娘に一つでも傷をつけてみろ。必ず貴様の正体を明かし、八つ裂きにしてやる。そして貴様の身近な人間を探しだして、あらゆる苦痛を与えて殺す。いいなっ!」

彼はそう言い残して、馬を返して走り去った。

うーむ、すげえおっかねえな……

それにしても親馬鹿すぎるだろ、ちょっと脅しただけで本当に兵を引きやがった。

シューカー伯爵は戻っていったが、数人の兵士はその場から動かず、こちらを油断なく監視している。

俺はそれらに注意を払いながら、マルティナを抱きかかえたまま後ろの森に入った。

マルティナに【浮遊の指輪】を装着し、アニア達が待つ馬車までポッポちゃんに空路で運んでもらう。

ポッポちゃんが飛び立ってから少しすると、森の中に先程の兵士達が入ってきた。

後をつけてくるつもりのようだが、既にポッポちゃんの姿は見えなくなっている。俺は隠密を使い、さっさとその場から立ち去る事にした。


その後、戻ってきたポッポちゃんに運んでもらって、アニア達と合流した。

眠り続けているマルティナの世話は、パティがしてくれていた。

「鎧は全部脱がせました。これはかなり値段が張りそうですね。他にも、指輪や首飾り等のマジックアイテムを持っていました。あとは、剣がルーンメタル製でした」

マルティナが何か厄介な物を持っているといけないので、一応鎧などは全て女性陣に外させた。

腕輪型のマジックボックスも持っていたので、これも没収させてもらった。

「じゃあ、手足を縛って移動するか」

マルティナはまだ目覚める気配がないので、このまま寝かせて移動を開始する。

作戦が成功したから、もう敵兵力の合流阻止に動く必要はないだろう。

これから馬車はエア軍がいる方向に向かう。ここからだと約数日という距離だ。

半日ほど経って、ようやくマルティナが目を覚ました。

御者席(ぎょしゃ)にいる俺の耳にも、彼女のけたたましい叫び声が聞こえてきた。

「ぶ、無礼者っ！　この縄を解(ほど)きなさい！」

馬車の中にいたパティが、耳を押さえながら御者席の方まで逃げてきた。

「ご主人様、お願いします！」

俺は隣に座っていたアニアに手綱(たづな)を渡し、馬車の中に入った。

すると、突然現れた俺の姿を見たマルティナが、ものすごい剣幕(けんまく)で叫んだ。

「男っ⁉　貴方は誰ですか！　あぁ……近付かないでください！」

うーむ、凄くうるさい。

「静かにしてもらえますか？　何もしませんから、安心してください」

「クッ！　そうやって、油断したところを犯すのですね！　そんな辱(はずかし)めを受けるくらいなら、いっそ……こ、殺しなさい！」

そんな事をしたらあの怖い伯爵と全面戦争じゃないか。勘弁してくれよ……

まあ、なんでもありなら負ける気はないけどさ。

「そんな事はしませんから、落ち着いてください。貴方にはシューカー伯爵様の兵を引かせる為の人質になってもらいます。彼らが自領まで戻れば解放しますから、大人しくしていてください」

「わ、わたくしを人質にですって……⁉　戦姫である、このわたくしが……」

マルティナは怒りと恥ずかしさで顔を真っ赤にして肩を震わせている。

こうなると分かっていたけど、説得って面倒臭いなあ……

ふと視線を横に向けると、我関せずといった態度で椅子に座り、ポッポちゃんを撫でているセシリャが見えた。

「ねえ、セシリャも何か言ってよ。同性の方が安心するだろうからさ」

「えっ⁉　えっと……マ、マルティナ様、彼は酷い事は、し、しないですよ？」

セシリャがぎこちなくそう言った。

あぁ、我関せずじゃなくて、人見知りを発揮してただけか……

俺がセシリャを責めるようにじーっと視線を送っていると、マルティナが何かを呟いた。

「……なさい」

「なんですか？」

「勝負なさい！　貴方が先程の仮面の方かは存じませんが、あれは不覚を取ったまでの事。わたくしが勝ったら解放なさい！」

この状況でこんな強気な発言が出来るなんて、凄いな……。これが貴族パワーなのか？

しかし、力関係を理解させるにはいい機会かもしれない。

「分かりました、お受けしましょう。その代わり、負けた場合は大人しくしてくださいよ」

もし負けてもうるさかったら、猿ぐつわをして頭に布でも被せよう。可哀そうだからと思って遠慮していたけど、そんな気も失せた。

「ふんっ！　早くわたくしの武器をお渡しなさい。とくと味わわせて差し上げますわ、この戦姫の力を！」

鼻息荒く息巻いているマルティナの拘束を解き、馬車を止めて表に出る。

もうすぐ太陽も赤く染まる時間なので、早めに終わらせる事にしよう。

「それでは、武器はお返ししますよ。そのレイピアだけでいいですよね？」

「もちろんですわ。貴方の得物(えもの)は何かしら？　わたくしのルーンメタル製レイピアに敵うはずはないでしょうけど」

俺が取り出したのは木の剣。いつも訓練で使っているから、よく手に馴染んでいる。

「そうですね。では、私はこれでお相手をしましょう」

「ば、馬鹿にして！」

木の剣を見たマルティナが、レイピアを突き出して俺に突進してきた。

うーん、レイピアってそういう使い方をする物じゃないんだけどな。

俺は余裕を持って攻撃を避け、レイピアを持つ手に優しく木の剣を振り下ろす。

マルティナは持っていたレイピアを落とし、打たれた手首をもう片方の手で擦(こす)った。

「これで勝ちですね」

はっきり言って、マルティナは弱い。これならジニーでも余裕で勝てる。パティの情報通り、どこぞにいる本物の戦姫に憧れて真似しているだけのお嬢様だな。

それがここまで自信を持って行動しているのは、周りがちやほやした結果だろう。

俺がそんな事を考えていると、マルティナは落としたレイピアを拾い、目に涙を溜めながら俺に向かって突っ込んできた。

「あああああぁあああ！」

歳はおそらく俺より少し上ぐらい。そんな娘が駄々っ子のように泣きじゃくりながら、刃物を持って突っ込んでくる。

ある意味衝撃的な光景だが、それに驚いて攻撃を受ける訳にはいかない。

俺はまたマルティナの突撃を避け、今度は腕を掴んで動きを止めた。

「な、なんで通用しないの!?」

「……貴方が弱いからですね」

俺の言葉に、マルティナは信じられないといった様子で呆然と目を見開く。

「いつもは……いつもは勝っているのです！」

「その人達は手加減してるんでしょうね」

「嘘よっ！」

こりゃ、相当甘やかされてるな……

「う、嘘よ……。う、うっ、うわあああああん」

ガチ泣きされたあぁぁ!!

女性を泣かせた事で、見学している女性陣から冷たい目で見られるかと思ったが、あまりにもマルティナが世間知らずだからか、むしろ彼女に対して憐れむような視線が向けられている。

……仕方がない、優しくしてやるか。

「マルティナ様、手の怪我は今治しますからね。ほら、もう痛くない」

彼女の手首を『ヒール』で治療した。

「さあ、これでお顔を拭きましょう。泣いていては可愛いお顔が台無しですよ？」

マジックボックスから手拭いを出して渡してやるが、泣いているマルティナは受け取らない。

仕方ないので俺が涙を拭いてやると、大人しくそれを受け入れた。

「温かい物でも飲みましょうね。ほら、美味しいですよ」

マグカップに注いだ温かいミルクをマジックボックスから出してやる。

両手で包み込むように持たせて、ゆっくりとカップを口へと運んでいく。

為されるがままのマルティナは、カップに口をつけ、チビチビと飲みはじめた。

砂糖が多めに入っているので貴族の口にも合うようだ。

「もうすぐ日が落ちますから、野営の準備をして寝ましょうね。さあ、馬車に戻りましょう。こぼさないようにね」

頭を撫でてやり、背中に手を添えて馬車へと誘導する。

マルティナはヒックヒックとしゃくり上げていたが、馬車に戻ると椅子に座って大人しくなった。

これじゃあ子供をあやすのと同じじゃねえか……

なんだかどっと疲れたわ。

距離は稼げているし、今日の移動はもういいだろう。

「アニア、後は任せた。パティ、セシリャ、野営の準備をしよう」

とりあえず、彼女はアニアに任せる事にして、野営の準備をする事にした。

寝床は俺がマジックボックスに入れて持ち運んでいる簡易宿泊施設『ポッポ亭』を設置する。

夕食の準備をしている最中、隣にきたセシリャがポツリと言った。

「やっぱりゼン殿はお父さんだよね」

そういえば、君は前にもそんな事言ってたな……

人見知りモード全開で引き篭(こ)もっていたセシリャにこんな事を言われて、ちょっとムカついたので、狐耳を掴んでお仕置きをしておく。

「あっ！　んっ！」

不意を突かれたセシリャから、無防備な喘(あえ)ぎ声が漏れる。

くそっ！　エロい声だすんじゃねえ！　アニアさんに気付かれるだろっ！

手を離すと、セシリャは両手で耳をガードしてこちらに向かって唸(うな)っている。

反抗的なのでまた掴むポーズを見せると、馬車の中へと逃げてしまった。

食事を終えて後片付けをしていたら、マルティナの世話をしていたパティが報告してくれた。

「ぐっすりと寝てらっしゃいます。夕食も食べていましたので、大丈夫でしょう」

あの後、マルティナは終始無言で世話を受け続け、今は『ポッポ亭』のベッドで寝ているようだ。

「あの方は見た目の年齢と違って、幼い印象を受けますね」

「いかにも甘やかされたお嬢様って感じだね。これは扱いに困るわ。パティがいてくれて助かった」

「ありがとうございます。ところでお聞きしたいのですが、素顔を見せても良かったのですか？」

「あぁ、その事ね。少しの間連れ回すから、仕方ないかなって」

流石に大規模な戦闘が迫ったこの忙しい時に、攫ってきたので後はよろしく、とグウィンさんに引き渡す訳にはいかない。よって、当分は俺達が引き連れて行動する事になる。

いちいち正体を隠すように配慮するのも面倒だから、顔は見せてしまっていいと判断した。

若干不安もあるのだが、ビビッていても仕方がない。


翌朝、顔を洗っていると、突然後ろからマルティナに声をかけられた。

「あ、あのっ！　わたくしの師匠になってくださいませんか⁉」

「はぁ……？」

思わず間抜けな返事をしてしまったが、仕方がないだろう。

昨日見せていた棘(とげ)のある表情から一変して、素直で、どこか許しを請(こ)うような顔をしていたのだ。

〝師匠〟って……つまり、訓練に付き合えって事か……？

正直面倒臭い。だが、それ以上にもう泣かれるのが嫌だ。

これで大人しくなるなら、いい条件だ。どうせ同行している間だけなのだし。

「お帰りになるまでの間ならいいですよ。その代わり、ちゃんと言う事を聞いてくださいね？」

「もちろんですわ。そうと決まったら、お父様に文(ふみ)を送りたいのですが……」

「何をお書きになるか聞いても？」

「ええ。わたくしにとって大切な方が見つかったので、心配しないでくださいませ、と」

「う～ん、ちょっと待とうか？　大切な方とは、どういう意味かな？」

「言葉通りの意味ですけど？」

こうして、人質として捕まえたはずのマルティナを、俺の弟子として扱う事になった。

大規模戦の前になんとも締まらないが、まあそれはいつもの事なので気にしないでおこう。

◆

「師匠っ！　いきます！」

木剣を持ったマルティナが、全く何も考えていないであろう動きで突っ込んでくる。

俺はそれを軽く避けると、手を伸ばしてマルティナの脇をくすぐった。

「ちょっ!?　し、師匠やめてくださいませ！」

「今さっき、もう少し考えろって言っただろ。なんで突っ込む事しかしないんだよ」

馬の休憩時間を利用して、マルティナの剣術のスキル上げを手伝う。

こうしていれば彼女は文句を言わずに素直に指示に従ってくれるので、度々訓練に付き合っている。

だが致命的に才能がないのか、それとも頭が悪いのか、何度言っても彼女は馬鹿みたいに突撃しかしない。

「そ、それは……シーレッド王国の戦姫は、このように戦うと聞いてましたて……」

なるほど、そいつの戦い方を真似ているのか。

「それもいいけど、最初はスキルを上げようか？　レベル1なんて実戦じゃ使い物にならないよ」

「はい……。ですが、わたくしはあまり才能が……」

あぁ、自分でも分かってるのか。しゅんと下を向いちゃって、可愛いな。

「マルティナ、俺が鍛えるから、必ずスキルは上がる。後はお前の頑張り次第だぞ？」

「っ!?　そうでしたわ、師匠を信じればいいのでした！」

マルティナの師匠になって、数日経った。

彼女から師匠らしい言葉遣いをするように強要されたので、従っている。

あれ以来マルティナは率先して俺の身の回りの世話をするようになったが、これにはアニアが否定的な様子だったのでやめさせた。しかし、マルティナは度々アニアと会話して、いつの間にか手伝う許可を得てしまった。

お許しが出たなら、俺は金髪縦巻ロールちゃんが淹れたやたらと濃いお茶でも飲むし、彼女がよそってくれた大盛りの飯も全部食うし、痛みを伴う肩揉みでも受けるのだ。

マルティナは「あれほどまで、手も足も出なかった相手は初めてですわ」と、俺に心酔する理由を語った。

過去に彼女と手合わせした奴らは、恐ろしく手加減をしていたに違いない。

剣を振れば敵は吹き飛び、拳を振るえば相手は一撃で動かなくなったらしいので、スキルレベルという客観的な数値があるにもかかわらず、自分は強いという勘違いが病的なまでに育ってしまったのだ。

しかし、極度の親バカとはいえ、流石に親父さんも娘の実力は分かっていたのだろう。彼女が身につけていたのは、どう考えても逃走用のアーティファクトだった。

結局、その願いは叶わず、逆に敵に突っ込む事になったのだ。

そんな彼女だが、本人なりに真剣に訓練に打ち込んでいる姿は可愛らしい。

俺の二つ年上だけあって肉体も女性的だし、その上顔も整っているので、相手をしているだけで楽しくはある。何より魅力的なのは、胸がデカい事。アニアも最近は成長の兆しを見せているが、ここまで大きくなるとは思えない。

そんな物体が、俺に飛びかかってくるたびに揺れ動く。

顔には出さないが、心の中では喜色満面だ。

いや、健全な男子なんて、その程度の物だろ？

道中、一度ポッポちゃんに運んでもらい、マルティナが書いた手紙をシューカー伯爵の兵に手渡した。

だが、どれほどの効果があるかは疑問だな。逆に娘をたぶらかしたとか言われそうで、ヒヤヒヤものだ。

俺とマルティナの訓練の横では、先程からセシリャが変な声を上げている。

「うひゃああ、びっくりしたああ。言ってよアニアちゃん！　いきなり火が出るのは驚くよ！」

ついに魔法技能レベル1になった彼女は、アニアのサポートを受けてスクロールから魔法を習得しているのだ。

「じゃあ次は……これなのです」

アニアがスクロールを選んでいる。どうやら次もまた、アロー系魔法にするみたいだ。

セシリャは生活魔法レベルのものが使えれば満足だと言っていたので、これで十分目標は達成出来ただろう。

俺は彼女のスキル訓練に多大な貢献をしているのだから、お礼としてほっぺたにキスくらいしてくれてもいいんじゃないかと冗談で聞いてみたら、意外な事に〝構わない〟と言ってくれた。

だが、それには〝いつか〟という条件が付いていた。

要するにその機会は永遠にないか、俺が彼女を落とさないと無理って事だ。

照れた様子のセシリャを思い出していると、パティに声をかけられた。

「ご主人様、そろそろお時間では？」

パティは草原に椅子とテーブルを出してお菓子をつまみながらお茶を楽しんでいる。テーブルの上ではポッポちゃんが一心不乱にゴマを食べている姿が見えた。

パティも大分俺達に馴染んできたな。最初の頃は硬かったが、最近ではこうして休憩時間に好きな事をして休めるほどになっている。

「よし皆、そろそろ片付けて移動を再開するぞ」

俺の掛け声で、皆が出発の用意を始めた。

それにしても……これだけ周りを女性に囲まれていると、モヤモヤするんだよな。

この肉体的では未経験だが、前世での経験があるだけに色々考えてしまう。

そろそろ我慢の限界が近いぞッ！

……まあ、俺の欲望ゲージはともかく、あと数日でエアの軍に追いつけるから急ぐ事にしよう。

◆

高台に立つ俺達の眼下に広がる草原には、続々と兵が配置されていた。

「改めて見ると、この数は圧巻だな」

感動にも似た感情を抱きながら、俺は隣に陣取るアルンに話しかけた。

「えぇ、数はエア様側が一万、敵は一万一千です」

「同数には出来なかったか。いや、頑張った方だよな？」

アルンは今朝方グウィンさんから情報をもらっていたので、結構正確な数だろう。

「なあパティ、我らが主は、四千近くを撤退させて、〝頑張った〟程度で済ませてしまうらしいぞ」

ファースは肩を竦めながらパティに同意を求める。

「あら、ご主人様なら、あと千くらい減らしていてもおかしくはないでしょ？」

俺だってこの成果は十分誇れるものだと思っているさ。だけど、ここでアルン相手に粋がっても仕方ないいじゃないか。

俺達の後ろではアニアとマルティナが、何かを食べながら雑談している。

「何これ、美味しい……アニアは奴隷なのに、何故こんなに良い物を持っているの？」

「ゼン様がお小遣いをくれるので、それで買ったのです。ゼン様は寛大なのです」

戦闘に参加しないからって、お気楽すぎるだろ……

セシリャもそんな二人に呆れた様子で話しかける。

「アニアちゃんてさ、もう自分を買い戻せるだけのお金をもらってるよね？　そうする気がない事は分かってるけど、解放されたら遊び三昧にならないか心配」

「セシリャさん、安心してほしいのです。解放されてもゼン様の近くにいるので大丈夫なのです！」

うむ、何が大丈夫なのか分からん。後ろから聞こえる話は無視しよう。

戦場で対峙しているのはエア軍と、現王アーネスト側に属する軍だ。

ここからの目視でも、両軍の兵数差は大分埋まっている事が分かる。

俺が敵戦力を減らしたのはもちろんだが、エア軍の方も結構増えているみたいだ。アルンは捕虜が兵として加わっていると言っていたが、何か要因があったのだろうか？

どうやら双方ともまだ陣が整っていないようで、忙しなく動く人々の姿が見える。

お互い横二列の歩兵部隊を向き合わせ、多少の違いはあれ、騎兵部隊に弓兵部隊、魔法兵部隊が各所に展開している。後方にはバリスタなどの兵器と飛竜の姿があった。

ほどなくして、エアが味方を鼓舞する声が聞こえてきた。

俺達は戦場が見渡せるほど離れた場所にいるのに、ここまで声が届くとは、彼の持つ神の加護の力には恐れ入る。

なんだか久し振りに声を聞いた気がするが、その声は勇ましく、少し男を上げたように感じられた。

エアが盾を掲げると、陽炎みたいな光が生じ、アーティファクトの力が味方部隊に行き渡る。味方を強化する【扶翼の盾】の効果だ。

それを合図に、前線に並んでいた魔法部隊が補助魔法を掛けはじめた。

最前線の兵に魔法が行き渡ると、魔法部隊は下がり、後方の兵士へと順次魔法を掛けていく。

多分魔法部隊は千人もいないだろう。自分の足で駆け回っている姿を見ると、よく頑張っていると思った。

どちらからともなく双方の歩兵がジリジリと前に動きだし、続いて弓兵が矢を番えはじめる。

盾の恩恵を受けた分こちらの方が飛距離を出せるのか、エア軍が先に矢を放った。

先制して二度矢を放ったところで、ようやく距離を詰めた現王軍が反撃する。

ここまで来ると、お互いの歩兵が動きを速め、歩兵同士の戦いがついに始まった。

「ゼン様、伏兵です！　敵飛行部隊が向こうの林から出てきました。数はこちらを上回っています！」

アルンが指差す方向を見ると、飛竜に乗った飛行部隊が飛び立っているのが見えた。陣の後方に見えていたものだけではなかったようだ。

エア軍の飛行部隊も対応しようとしているが、数的には不利だ。

俺は肩に乗っていたポッポちゃんに指示を出す。

「ポッポちゃん、あっちの飛竜を落としてきてくれるか？」

するとポッポちゃんはクックックーと鳴き、「あたしが全部たおすのよっ！」と意気込んで、俺の肩から飛び上がった。羽ばたき一つで空高くまで舞い上がると、そこからもう一段階速度を上げて、敵側の飛行部隊を目掛けて飛んで行く。

やたらとテンションが高い鳴き声だったが、彼女も戦場の雰囲気を感じて興奮しているのだろう。

ポッポちゃんは一瞬で豆粒に見えるほど遠くに行くと、射程に入った敵に向かって岩の槍を飛ばしはじめた。

その姿は勇ましく、さながらミサイルを放つ戦闘機だ。

俺は思わず驚きの声を上げてしまった。

ポッポちゃんの進化し続けている飛行能力に加え、加護の力と飛行魔法が合わさって、その速度は敵に反撃を許さないほどになっていた。

面白いように次々と岩の槍を命中させ、終いには敗走する敵に電撃魔法を繰り出す容赦のなさを発揮する。

ほどなくすると、彼女は空に上がっていた全ての敵を撃ち落とした。圧倒的勝利だ。

そもそも敵は、ポッポちゃんに対して有効な反撃手段を持っていなかった。長めの槍で武装していたが、それが当たる距離にポッポちゃんが近付く事はない。魔法が使える奴もいたものの、ポッポちゃんが速すぎて当たらない。完全に敵を翻弄していた。

わずかな時間で制空権を奪ったポッポちゃんが、悠々と俺の肩に戻ってきた。

流石に呼吸が乱れていて、パクパクと口を開きながらスピースピーと荒い鼻息を立てている。

しかし「あたしなら余裕なのよ！」と、強がった姿を見せてくれた。

こんなに強くて可愛いなんて、ポッポちゃんは最強だな。

優しく撫でて労をねぎらい、視線を再び戦場に戻すのと同時に、ファースが驚きの声を上げた。

「おぉ、なんだ⁉　あの辺が光ってるぞ！」

ファースが指差す先を見ると、最前線辺りから何度も光の筋が飛んでいっては敵兵を薙ぎ払っている。

「右側の陣が崩れていくな。フリッツの仕業か。あいつの剣は使い勝手良さそうで羨ましいわ」

あれは間違いなく勇者フリッツの【閃光の剣】だろう。

遠距離から一方的に攻撃出来るという点においては俺の投擲と変わらないが、【閃光の剣】は剣を振るった軌跡に沿って斬撃が飛ぶので、運が良ければ隣にいる兵まで巻き込む。俺の攻撃と比べると、範囲攻撃としての性質が強い。

弾切れもなさそうだし、あれが連発出来るなら、彼が竜を倒せたのも納得だ。

前線の歩兵部隊はこちらの方が押している印象を受ける。

だが、中央部分に位置する王の三男アラディン公爵軍本隊は、エア達の猛攻に耐えて均衡状態を作り出していた。

公爵軍は余程金があるのか、一兵卒にいたるまで金属製の鎧を着ているようだ。鈍い鉄色の集団が時折太陽の光を反射して輝くので、ここからでも分かる。

しかし、エア軍もすぐ対応していた。行動を妨げるものがなくなった飛行部隊が、上空から岩などを落としはじめている。命中精度は悪いが、上空からの攻撃は確実に敵の数を削っていた。

その光景に目を奪われているとアルンが叫んだ。

「ゼン様、動き出しました！　五百くらいいます！」

今回俺達が前戦に加わらず、この位置で待機しているのは何故かというと、あの中に埋もれたくないのが一番だ。

だが、それとは別の理由もある。

グウィンさんからもたらされた情報に、いくつかの不安要素を見いだしたからだ。

その一つ目は、先程ポッポちゃんが解決してくれた。

俺が事前に壊滅させた敵側の飛行部隊とは別に、王直轄の飛行部隊がこの戦いに参戦する為に動いたという情報がそれだ。

もう一つの要素は、今アルンが知らせてくれた別働隊の存在。

彼が指差す方向に目をやると、今戦場で戦っている兵や騎士とは少し趣の異なる装備の一団が見えた。奴らは一丸となって、エアがいる本陣の左側面から突撃を開始している。

こいつらはエゼル王国が運営する冒険者ギルドの者達だ。

エアの挙兵が知れ渡るや、各冒険者ギルドには現王からの依頼が伝わった。それに応じた冒険者達は、諸侯や現王の部隊とは別の、傭兵部隊としてこの戦に投入されたのだ。

この世界の冒険者ギルドは決して独立した勢力ではない。国をまたいで横の繋がりはあるが、全ては国が運営する組織である。強制力はないものの、戦時にはこのような依頼で冒険者が傭兵として駆り出される。

もっとも、正規の指揮系統に組み込むと問題が発生する可能性があるので、多くの場合は遊軍として動くのだという。

冒険者達を目で追っていると、突然ファースとパティが声を上げた。

「ぬっ!? 主、まずいぞ！ 反対からも敵が現れた！」

「あれは公爵軍の精鋭騎馬部隊です！ ご主人様、このままでは本陣が挟まれます！」

最後の不安要素、公爵軍の精鋭騎兵が現れた。

数は千人ほどで、統一された装備を身にまとった屈強そうな軍勢だ。

エア軍もこれには即座に対応しようとしている。

しかし、見事に挟撃される形になり、その動きにはわずかな動揺が見られた。

徒歩が多い冒険者の一団はまだ時間の余裕があるが、精鋭騎馬部隊の移動速度は速い。

ポッポちゃんに運んでもらえば即座に駆けつけられるが、あまり悠長に迷っている時間はなさそうだ。

……どうする。

エアの近くで戦うか、それともどちらか片方の相手をして止めるか……

俺が悩んでいると、マルティナが全く緊張感のない声を上げた。

「……あら？　師匠、こちらに向かってくる一団が他にもありますわ」

彼女が指差す方向を見ると、エア軍の後方側、戦場から少し離れた場所に砂煙を立てながら近付いてくる一団が見えた。

「アルン、あれはどこの兵だ！」

もしあれが敵なら相当ヤバい。完全に後ろを取られている。

「ま、まだ紋章が……。あっ！　あれはドライデン家の紋章です！」

「という事は、味方か！」

よし、当主のメリル君が約束通り兵を率いてやって来たって事だな。

いや、まだ油断は禁物だ……もしかしたら彼が排除されてしまった可能性もある。

どうする……

いや、迷っても仕方がない。今動かないと手遅れになる！

「アルン、この仮面とローブを着けろ。その見た目ならドライデン子爵がいれば仲間だと分かるはずだ。グウィンさんからもらったレイコック侯爵家の旗を持って、ドライデン家の兵を誘導しろ。距離的に冒険者にぶつける方が良いか？」

俺の問いかけに、パティが素早く返答してくれた。

「それが良いと思います。公爵軍の騎馬隊に当ててるとなると、間に合いません」

「じゃあ、アルンはそうしてくれ。パティもついていけ。ホワイトホーンに乗っていけよ。何かあったらすぐ逃げろ、お前らの命が一番だからな」

ホワイトホーンは馬よりも大きな体躯と白い毛並みを持つ、騎乗用の鹿だ。

「はい、ゼン様。行ってきます！」

アルンは元気に返事をすると、パティと共にレイコック侯爵家の旗を片手に持って、ドライデン家のもとへと駆けていく。

勝手な事をしたので後で文句を言われるかもしれないが、その時はその時だ。

エア達の場所からでは、ドライデン家が来ている事さえ分かっていない可能性がある。

「よし……俺は公爵軍の相手をしよう。お前らは下がって待機してくれ」

俺はレイコック侯爵家の旗をファースに託しながら更に続けた。

「ファース、もしもの時は、お前の命を懸けて皆を守れ。セシリャも頼んだぞ」

「御意っ！」

すっかり戦のテンションになって、武士のような返事をするファース。

「ゼン殿、後の事は任せて、思う存分暴れてきて。生きて帰ってきたら、私の耳触っても良いからね！」

セシリャは迂闊な事を口走る。帰ってきたらもみくちゃだ。

「師匠、ご武運を……」

マルティナは華麗な仕草で頭を下げた。初日の反抗的な彼女は、あの日以来鳴りを潜めている。

まだアニア以外との距離を測りかねているようだが、すっかり協力的になり、逃げるどころか居座っている。

マルティナは俺の身を案じて【健脚の脚甲】を持っていけと言うので、ありがたく使わせてもらう事にした。

「ゼン様、絶対に戻ってきてくださいよ？」

アニアが横から優しく手を握ってきた。心配そうに俺を見上げる顔には儚げな笑みが浮かぶ。

「まだお前に何もしてないんだ。死ぬ気はねえよ」

言った後にまずいと思ったが、つい本音が出てしまった。俺も大分昂ぶってるな。

「ゼン様って、結構エッチなのです？　最近分かったのです！」

俺は健全な精神の持ち主のつもりだ。

俺を慕ってくれているアニアとジニーの存在がなければ、金にものを言わせて娼館とかで遊びまくってる自信がある。……いや、でも純粋に二度目の思春期を楽しんでいるところもあるから、案外その可能性は低いかな？

最後にアニアの額にキスをして、【浮遊の指輪】を身につける。

俺の真上でホバリングしていたポッポちゃんの足を掴み、まずはグウィンさんを探す為にエア軍の上空へと移動した。

グウィンさんがいるはずの後方部隊の上を通過しても、探知に気配が掛からない。

そこからもう少し本隊側に近付いたところで、彼の気配を捉えた。

しかし、何故か近くにエアの気配も感じる。

それだけではない、共にダンジョンに潜ったウィレムやトバイア、オークスの気配も感じた。

後方に控えていると思っていたグウィンさんは、どうやら本陣の中、それもエアの近くにいるみたいだ。

エアと顔を合わせるのはなんだか気まずいが、仕方がないか。

一応、マジックボックスから旗を取り出して、グウィンさんを目掛けて降りていく。

空から接近する俺の姿に気付いた兵達が、エアの周りを固めはじめた。弓に矢を番えてこちらに向ける者もいる。

「皆さん、待ってください！　彼は味方です！」

グウィンさんは俺だと気が付いたのか、周りの兵に声を掛けて、場を収めてくれた。

これなら大丈夫だろう。俺が地面に降り立つと、馬に乗ったグウィンさんがこちらに向かってきた。

「ゼン君、驚かさないでください。どうしたのですか？」

「本陣が挟まれているのは知ってますよね？　それで、ドライデン子爵の軍が援軍に来ています。冒険者達がいる左翼側に当たるよう、アルンに伝令を頼みましたが、良かったですか？」

「なんとっ！　すぐにローワン様にお伝えします！」

グウィンさんは驚きを露わに、近くにいた三十代後半ぐらいの男性のもとへ駆けていく。

初めて見るが、あれがエアの参謀役をしているローワン様だろう。その隣にはエアの姿も見えた。

「おい、ゼンッ。こっちに来い！」

これだけ近付けば、当然エアに発見された。まあ挨拶ぐらいはしておこう。

「エリアス様、お久しぶりです」

「お前なあ……色々やりすぎだろ！」

エアは妙に興奮しているようだ。

「申し訳ありませんが、こんな事をしている暇はないかと存じますが？」

「その喋り方はやめろ」

「エア……話は後で聞く。今はローワン様に従って動けよ。ドライデン子爵が来ているから、左翼は薄くても支えられるはずだ」

「分かった。で、お前はどうするんだ？」

「右翼側から迫っている公爵軍の方に行くかな。いいだろ？」

「あぁ、頼む。話があるんだから、死ぬなよ」

「いざとなったら逃げる。大丈夫だ」

「あっ、ゼン。これを持って行け」

エアは自分のマントを外すと、俺に手渡してきた。

「なあ、これを俺が着けたらまずくないか？」

「この場に爺（じい）がいなかったら、攻撃されてたんだぞ？　黙って着ていけよ」

貴族の紋章が描かれた旗には、敵味方認識の効果があると聞いていたが、本陣の中心にいきなり現れたら無理だった。まあ考えてみれば当たり前だけど。

だがこのマントを着ていれば、味方からいきなり攻撃される事はないだろう。

結構派手な真っ赤なマントで、背中には大きく王家の紋章が描かれているからだ。

このやりとりにエアの周囲にいる騎士達の一部が怪訝な表情を見せたが、声に出して抗議するつもりはないみたいだ。まあ、文句が出たところで言う事を聞く気はない。

俺は最後に軽く頷くと、本陣の右側へと走りはじめた。

今、俺の足には【健脚の脚甲】が装着されている。

単純に脚力が強化されるだけのアーティファクトだが、俺が本気で走ると、後ろに土煙が上がるほどの速さで走れる。全力で跳躍をすれば助走なしで数メートルの高さに達し、加速がついていれば数十メートルの距離を軽々と跳べる。

所有者の力量に応じて強化の度合が変わる、そんな印象だ。

本陣の右側にはあっという間に辿り着いた。

味方騎兵が敵を迎え撃つべく、綺麗に横一列に並んで陣形を組んでいる。

その列を後ろから飛び越えると、こちらに迫る公爵軍が見えた。

まもなくあの騎兵部隊は、こちらとぶつかるだろう。

俺は【霊樹の白蛇杖】を取り出して、二体のファイアエレメンタルを召喚。続けて、自分に補助魔法を掛けていく。更にマジックボックスから青銅の槍を取り出して、両手に持った。

すると、俺の背後で味方が叫ぶ声が聞こえた。

「おいっ！　そのマントはどうしたんだ！」

「エリアス様から借り受けた！　俺の事は気にせずに、こちらに迫る敵を倒せ！」

「エリアス様からだと⁉　貴公は一体……」

そんな事に動揺している暇はないだろうと言いたくなるが、今は目の前の敵が射程に入るタイミングを見極めなければならない。

敵から目を離さず、意識を集中して投擲術の最大射程を感じ取る。

先頭の騎兵がその範囲に入った瞬間、俺の体は流れるような動作で槍を投擲していた。

◆

時は少しさかのぼる。

フォルバーグの街にほど近い平地で、アラディン公爵が総大将として率いる現王軍と、エリアス軍が対峙していた。

「兵の数はどうなっている？」

最前列で敵を確認していたエリアスが、隣で自分と同様に馬の上から敵を見つめているローワンに問い掛けた。

「報告では、我が軍が一万、相手は一万一千となっています」

「ローワン卿、敵の数が減ってないか……？」

「私も不審に思ったので確認したのですが、兵を率いて戦場に向かっていた諸侯の何名かが自領へと引き返したらしいです。どうやら行軍中に当主が死亡したり、物資を奪われたり、中には令嬢を誘拐された者もいるとか」

「……そうか」

エリアスは少し申し訳なさそうにそう呟いた。

彼はローワンの話から、とある人物を思い浮かべたのだ。

エリアス軍は無戦開城となったラナシールズで数日の休息を取ったのち、進軍経路上の小規模な街や砦などを落としながら、北上を開始した。

この頃になると、エリアスが挙兵した事が国内に知れ渡り、時には罵声(ばせい)を、時には声援を受けながら軍は進んだ。

エリアス達の進軍にはそれほどの困難はなかった。多数の諸侯を率いて全軍で進むエリアス軍に比べて、砦(とりで)や街の守兵は兵数も士気も大きく劣ったからだ。

やがて、思ってもみなかった事が起きはじめた。

エリアス達が近付くと、予想以上に早い段階で敵が降伏してしまうのだ。

その結果、彼らは大量の捕虜を抱える事になった。

王位奪還後の統治を視野に入れると、捕虜を無下(むげ)に扱う訳にもいかない。これには諸侯も大いに頭を抱えた。

しかし、この問題はすぐに解決する事になった。

どこから湧(わ)いて出たのか分からないが、エリアス軍の兵糧には余裕があり、とりあえず捕虜達を食わせる事だけは出来たからだ。領民や兵士達の多くは、食事に困らなければそれほど文句を言わなかった。

　エリアスは捕虜として扱われる彼らを心配して、度々顔を見せていた。

　若く人望を感じさせるエリアスの話を聞くと、捕虜達は次第に協力的になっていき、北上を重ねる度に、エリアス軍の麾下（きか）に加わって参戦するものが相次いだ。

　当初八千だったエリアスの軍の兵数は、今では負傷兵を引いても一万に増加している。

「ローワン卿、捕虜だった者達はどう配置されているのだ？」

「南方騎士団長に全てを任せました。彼が従える兵は少なかったのですが、これで活躍出来るでしょう」

　エリアス軍には、本来現王アーネストに仕えるはずの騎士団も参加していた。彼らはエゼル王国南方を拠点とする騎士団で、前王エリックにとても近かった者達だ。

　王が変わった事で冷遇（れいぐう）され、長い雌伏（しふく）の時を過ごした彼らは、エリアスを王にする為に立ち上がった。彼らの忠誠心はとても厚く、エリアスの周囲を固めるのは全てその騎士達である。

　エリアスと共にダンジョンに潜り、アーティファクトの入手に尽力（じんりょく）したトバイアら三人の騎士もこの騎士団の出身だ。彼らは、特に近い存在として常にエリアスに付き従い、その安全を守っていた。

「よし、それなら安心だな」

　エリアスは満足げに頷いた。

　ローワンは、戦いを重ねて大きく成長しつつある彼の王に言った。

「エリアス様、そろそろ……」

「分かった」

エリアスは顔を上げ、表情を引き締めた。

振り返った彼の前には一万の兵が一糸乱れぬ隊列を組み、戦の始まりを告げる言葉を今か今かと待ちわびている。

「皆の者！　遂に公爵軍と相まみえた！　これは王軍との前哨戦(ぜんしょうせん)だ！　兵は同数！　ならば我々が負ける訳がない！　エゼルの勇者達よ！　我らの敵を蹴散らせ！」

神の加護の力を帯びたエリアスの声が全軍に響き渡ると、兵士達はそれに呼応して雄叫(おたけ)びを上げた。

エリアスは体の芯(しん)まで震えさせる彼らの声を聴き、それに応えて左腕に身につけた盾を高く掲げる。

アーティファクト【扶翼の盾】の力が解放された。

光の衣が盾から生じ、それがエリアス軍全体を包み込む。兵士達はこれまで何度も経験している力の上昇を感じ、それを戦いの合図として動き出した。

まずは睨み合い。両軍共にジリジリと距離を詰めていく。

エリアス軍の弓兵が放った二度の先制攻撃を皮切りに、最前線の兵達が一斉に駆けだした。

ぶつかり合う両軍。数千の兵士達の声と、武器や防具が奏(かな)でる戦場の音は、後方に移動したエリアス達のもとへ届いていた。

「やはり、盾の強化がある分押せます。最初は真価を測りかねていましたが、戦場では恐ろしいアーティファクトですね」

ローワンは戦場から目を離さずに、隣にいるエリアスへと話しかけた。

「最初は民を守る盾と言ったが、皮肉な事にこれは矛に等しいな」

「その盾のお蔭で、前戦の兵は守られているのです。感謝している兵達は多いのですよ？」

必要がないと分かっていても、ローワンは真実を交えながらエリアスを励ました。

その時突然、後ろに控えていたグウィンが空を指差しながら言った。

「エリアス様！　あれをご覧ください！」

「飛行部隊が出てきたか……。ローワン卿、準備は出来ているな？」

「はい、お任せください。しかしながら、思っていたより数が少ない。あれでは想定していた数の半分もいません。もしかしたら、どこかにまだ隠している部隊があるやもしれませんな。貴公ら！　周りを注意しろ！」

ローワンは訝しみながらも、味方に指示を飛ばす。

敵飛行部隊は見逃せない戦力として、エリアス達も警戒していた。

エリアス軍にもある程度の数はいるのだが、事前情報により相手が倍以上の数を揃えている事は分かっていた。

しかし、エリアス達も黙ってやられるつもりはない。少数でも地上部隊と連携し、数に余裕のあるバリスタを使って撃墜しようと作戦を立てていたのだ。

「これが出来るのも、バリスタを持ってきたアイツのお蔭か……」

エリアスは小さな声でそう呟きながら、動き出した味方飛行部隊の背中に心の中で声援を送った。

エリアス周辺の者全員が上空を注視している中、突如敵飛行部隊が墜落しはじめた。味方の攻撃はまだ始まっていないはずだ。

真っ先にそれに気付いたローワンが驚きの声を上げた。

「ん……？　な、何事だっ⁉」

ローワンが目を凝らすと、小さな〝何か〟が猛烈な速度で飛行しながら、槍のような物を打ち出して飛竜を撃墜していた。

更に、それが雷のような光を放つと、複数の飛竜が煙に包まれながら落ちていく。

多くの者が驚愕の声を上げているうちに、敵飛行部隊は瞬く間に排除された。

空に残っているのは、まだ戦場に到着していないエリアス軍の飛行部隊のみである。

その様子を見て目を丸くしていたエリアスは、後方に控えるグウィンに向かって言った。

「爺、今何が起ったんだ……？　分かってるんだろ？」

「エリアス様、あれは私も存じません。今回は本当でございます」

グウィンも混乱した様子を見せていると、傍に控えていたトバイアが目を細めながら呟いた。

「あれは鳥でしたか……？　若干心当たりが……」

鳥と聞いたエリアスは、なんとなく見当が付きはじめ、グウィンに厳しい目を向けた。

「なあ、爺。あれはポッポちゃ――」

「エリアス様っ！　あれをご覧ください！　光の筋が見えます！」

エリアスが言いかけた言葉は、諸侯の一人の叫び声で掻き消された。

諸侯が指差した方向では、一定間隔で光の刃が敵に向かって飛んでいる。

味方が放っている事は分かったが、エリアスには覚えのない攻撃だった。

「あれは……？」

誰に言うとでもなく呟いたエリアスの言葉に、グウィンが答える。

「あれは……勇者フリッツ・レイでございます。この度の戦いに参戦すると、先日私のもとに参りました。しかし、まだ信用は置けませんでしたので、まずは一戦させて様子を見る事にしたのです」

本当はゼンが連れてきたのだと、思わず口にしそうになったものの、グウィンはその衝動を堪えて、事前に考えていた嘘を吐き出した。

主に真実を告げない後ろめたさはあるが、本当に勇者が彼のもとに来たとしても、同様の試験をするのでどちらにしろ結果は同じだ――グウィンはそう考えて自分を納得させた。

「勇者!?　何故彼が味方するのだっ!?」

エリアスはまたも驚きの声を上げる。

「それは勇者にお聞きください……」

理由はグウィンも知らなかった。寡黙な勇者は多くを語らないからだ。

色々と不審に思ったエリアスは、問い質すようにグウィンを見つめる。

すると、幼い頃からエリアスを厳しく鍛えてきた男は、悪戯がばれたかのように一瞬視線を逸らした。

「爺、まさかこれもゼ――」

「おおおぉぉぉ！　エリアス様ご覧ください！　味方飛行部隊が自由に動き回り、敵前線が崩れはじめています！」

エリアスの問い詰める言葉は、またしても諸侯の驚きの声に掻き消された。

エリアスは少し苛立ちを感じたが、諸侯を無視する訳にもいかずに視線を動かす。

そこには縦横無尽に空を駆けて攻撃を行う自軍の姿があった。

「ローワン卿、次の一手は!?」

エリアスはその様子を見て勝機と感じ、ローワンを急かす。

だが、ローワンの表情は険しかった。

「……いけません、勢いのまま前線を押し上げすぎた為、本陣と離れはじめています。公爵の精鋭部隊の姿もまだ見えません。このままでは孤立します！　貴公ら、本陣を上げるぞ！」

ローワンは若干の焦りを感じながらも、即座に本陣を動かす事を提案する。命令に近い物言いではあったが、この場に残る諸侯らも戦を知る者達であり、その言葉は正しいと理解していた。

その直後、飛行部隊の一騎が本陣近くに着地すると、飛竜の背から降りた兵士がエア達のもとに全力で駆けてきた。

「本陣左側面より敵襲！　数は四百以上だと思われます！」

「公爵軍か!?」

「いえ、歩兵に見えました！」

「移動は中止だ！　本陣左側面を厚くしろ！　バリスタも使用して迎え撃て！　指揮は諸侯らに任せる。頼んだぞ！」

ローワンの声に応じた諸侯が、側近達を率いて敵を迎え撃つ為に動き出した。

彼らの背中が見えなくなった頃、エリアスの視界に、こちらに向かって駆けてくる馬の姿が飛び込んできた。

「報告です！　本陣右側面に新たな敵影あり！　数は不明！　騎兵です！　団長は公爵の精鋭部隊だと申しております！」

「このタイミングでか……」

完全に本陣が挟まれる形を取られていると、即座に理解したローワンが唸った。

彼はこの状況を自分の失敗だと考えた。前線との距離が空いていなければ対処も楽だったはずだ。だが、前線が敵を圧倒するのにまかせて、傍観してしまった。

これまで敗北を全く経験していなかった故に生じた油断だったのかもしれない。

そんな反省も束の間、ローワンは一瞬で気持ちを切り替えた。

「騎士団は皆騎乗して本陣右翼につけ！　指示はアーロン騎士団長に仰げ！」

ローワンの言葉で、エリアスの周りを固めていた騎士達が一斉に行動を始めた。

その時だった。上空を警戒していた騎士の一人が、空中に浮く人影を発見した。

突如現れた怪しい存在に、騎士達はエリアスを守るべく周囲を固める。

騎士の一人が弓を構えると、皆と同様に空を見上げていたグウィンが大声でそれを制止した。

「あれは……皆さん、待ってください！　彼は味方ですっ！」

グウィンにはこちらに向かってくる者の正体が分かった。

この戦が始まってから何度も見かけている、あの少年だったからだ。グウィンは馬を走らせて少年のもとに駆け寄る。

「ゼン君、驚かさないでください。どうしたのですか？」

グウィンがそう言うと、空から現れたゼンが捲し立てるように話をはじめた。

「本陣が挟まれているのは知ってますよね？　それで、ドライデン子爵の軍が援軍に来ています。冒険者達がいる左翼側に当たるよう、アルンに伝令を頼みましたが、良かったですか？」

「なんとっ！　すぐにローワン様にお伝えします！」

ドライデン子爵は、エリアスに味方をすると言い残して領地に戻ったはずだ。その彼が援軍に来たのであれば、すぐさまそれを伝えなくてはならない。

グウィンは踵を返してローワンのもとへ駆けていく。

「グウィン、彼の話を信じて良いのだな？」

話を聞いたローワンは思案顔で尋ねた。

「それは間違いありません。彼と話すエリアス様を見てください。あのお顔で分かるはずです」

ローワン達から少し離れた場所では、二人の少年が険しい顔をしながらも、仲が良さそうに話をしていた。

その時ローワンは、自分の王となる少年の本当の顔を見たような気がした。そして、エリアスにそんな顔をさせる相手の言葉ならば、信じるに値すると結論づけた。

考えをまとめたローワンが近くにいた伝令に言った。

「貴公、左翼に向かった諸侯に伝令だ。余裕が出来たら即座に右翼に兵を回すよう伝えてくれ」

子爵軍が援軍に来たならば、その数は千を超える。対して左側面から接近する敵は四百と報告が上がっていたので、余裕を持って対処が出来るだろうと考えた。

グウィンからゼンについて聞いたローワンだったが、彼は既にゼンの事を知っていた。父エゴンから、間違いなく今後頭角（とうかく）を現す人物だと聞いていたからだ。

エリアスと変わらぬ年齢ながら、既に個人の武はこの国の頂点と呼ばれる三天を超えているだろうと語る父の言葉を、信じられない気持ちで聞いていたのを思い出す。

だが、土埃（つちぼこり）を上げながら、猛烈な速度で走り出したゼンの姿を見ると、父の言葉は決して大袈裟ではなかったのだと理解した。

多くの力強い援軍が現れた事で、勝利を確信したローワンがエリアスに歩み寄る。

「エリアス様、決断は全て下しました。さあ、我々は味方の指揮と鼓舞に専念いたしましょう」

「分かった。直接戦えないのは口惜（くちお）しいが、私は自分が出来る事をするとしよう」

エリアスはそう言い、馬の手綱を力強く握った。

その表情は、先程までと比べて、どこかすっきりとしているとローワンは感じた。

◆

俺が投擲した槍が、戦場に断末魔の叫びを生み出した。

一度の投擲で複数の悲鳴が聞こえてくる。

俺は続けて槍を投擲した。またも先頭を走っていた騎兵の胴体に突き刺さると、そのまま突き抜けて背後にいた騎兵を落馬させた。落馬した兵は後方から迫った馬に踏み潰される。

次に召喚したファイアエレメンタルを左右に大きく展開して、敵に突っ込ませた。追加の命令は簡単に、〝敵が射程に入ったら攻撃しろ〟だ。

公爵の騎兵部隊が俺に迫ってくる。

距離を考えると、あと三発も投擲出来ればいい方だろう。

俺は急いで槍を投擲した。今度は綺麗に三人の体を槍が貫通した。

更に投擲する。狙った男は槍の軌道が読めていたのか、馬上から体を投げうって、鞍の側面に掴まった。しかし、その後方にいた騎兵は避ける事が出来ず、槍をまともに受けて後ろへ吹き飛んだ。

三本目の槍を投擲するのと同時に、ファイアエレメンタルが火の玉を発射しはじめた。

俺の槍に遅れて火の玉が着弾する。

ファイアエレメンタルの火の玉は次々と発射され、広範囲に広がる。地面も燃やすその攻撃は、一部の馬の足を止めていた。

先陣を切っていた一人の騎兵が槍を構え、怒りの形相で俺に迫る。

「死ねえええええ！」

「っ！」

敵が来ると分かっていた俺は【霊樹の白蛇杖】を取り出して、声を出さずに『ストーンウォール』を使い、目の前に石の壁を作り出した。

「なっ⁉　ぎゃっ！」

あと数秒で俺に槍を突き刺せたが、その直前のタイミングで男の目の前に壁が現れる。彼は壁を避けられずに激突した。

随分前にも使った方法だが、勢いがあって急に止まる事の出来ない相手にはとても有効だ。

男の後ろに続いていた騎兵達も激突すると思ったが、訓練されているだけあって、器用に壁を避けてそのまま俺の後方へと走り抜けていった。

多数の騎兵が俺の横を通過した直後、後ろから鈍い衝撃音が響いた。

ポッポちゃんが降下しながら放った、岩の槍が降り注いだ音だ。

それにタイミングを合わせたかのように、後方から大勢の男達が気合を入れる声が聞こえてきた。

どうやら、味方部隊が動き出すみたいだ。

俺は彼らがこちらに到着するのを待たずに次の行動に移る。

とはいえ、ここで立ち止まって敵を迎え撃つのは少し効率が悪い。敵の全てが騎兵なので、俺が一人で立ち塞がっても、水の流れのように簡単に通り抜けられてしまうのだ。

だから、この流れを少しだけ限定してみる事にした。

つい先程出した『ストーンウォール』の隣に新しい『ストーンウォール』を生み出して繋げる。

まだ敵本隊がこちらに到達しないうちに、どんどん壁を生み出していく。新しく出した壁に隠れながら『ストーンウォール』を唱えては、その長さを伸ばしていく。

壁が二十を超えた頃には、川の流れを変えるように、騎兵部隊の進路を二つに分ける長い壁を作り出せた。

時折壁の向こうから激突音が聞こえるが、【霊樹の白蛇杖】で強化した壁ならばそう簡単には崩れない。

俺は一度壁の上に登って辺りを見回した。ざっと見た感じでは、敵騎兵部隊の流れは三割が左側、残り七割は右側に分かれているようだ。

次にどうするか考えながら、まだまだこちらに押し寄せる騎兵達を見ていると、ファイアエレメンタルが一体消滅した事を感じた。大勢の騎兵達を馬ごと燃やしていたが、完全に囲まれると流石に耐えられなかったみたいだ。

まだ残っているファイアエレメンタルの方は、敵を近付けずに奮闘している。遠くから弱点である水属性の『ウォーターアロー』が飛んできているが、まったくダメージを食らっていない。

あの奮戦ぶりを見ると、もう片方のファイアエレメンタルがどうやって消えたのか気になるな。

まあ、とにかく新しいファイアエレメンタルを追加しよう。

「サモン・ファイアエレメンタル！」

本来ならばこの段階で俺の残りＭＰはほぼ尽きているはずだ。だが今は、アニアからマナ増幅効果のある【火の指輪】を返してもらっているので、まだ余裕がある。いざという時の為に回復魔法分は残しておく事を考えると、ファイアエレメンタルを呼べるのはあと一度くらいだ。

しかしながら、【火の指輪】と【霊樹の白蛇杖】に加え、俺の持つ加護の力で強化されたファイアエレメンタルは凄まじい。普通に呼び出すものとは違い、二倍以上体が大きく、放つ火の玉も大量だ。

今も前線で戦っている一体は、自分に群がる敵兵を火ダルマにしている。これなら普通の騎兵では止められないかもしれない。

壁の上でファイアエレメンタルの様子を見ていると、俺に向かって『ストーンアロー』の魔法が飛んできた。【魔道士の盾】で弾くと、次は矢が飛んでくる。

狙われはじめたので壁から飛び降り、ファイアエレメンタルを伴って騎兵の流れが少ない方へ向かう事にした。

俺が作った壁を避け、横っ腹を見せながら敵騎兵部隊がエア軍本陣に向かっていく。そこに火の玉を放てと命じると、ファイアエレメンタルが両手を突き出して、火の玉を絶え間なく放ちはじめる。

火の玉が直撃した敵騎兵が火ダルマになり、周りの騎兵を巻き込んで落馬した。

そして後続の騎兵達はそれを避け切れずに、次々と落馬していく。

続けて俺は、手数が出せるナイフを投擲。走る騎兵の横っ腹に次々と攻撃を加えた。

しかしこれはじれったい。複数人を一気にやれる攻撃が本当に欲しくなる。

まあ、今そんな事を言ってもどうにもならないので、無心でナイフを投擲する。

これまでに仕留めた騎兵の数は百を超えているだろう。

その時、後方から大きな声が聞こえてきた。振り返って確認すると、俺を通過して後方へ流れた騎兵と、味方部隊が戦っていた。敵は分断されたので、数はこちらの方が勝っている。

味方は俺が今受け持っている方とは反対の、敵が多い右側へと兵を進めていた。どうやら余裕があるらしく、あちらは当分任せてもいいみたいだ。

俺の方といえば、流れてくる騎兵達の死体の山を作り上げ、続く騎兵達の進路を塞いで、大きく外側に迂回させていた。そのせいで敵騎兵が俺の手の届かない位置に行ってしまう。

仕方がないので、ここからは壁から出て敵騎兵部隊の正面から攻撃を開始する。

周りには多くの人間と馬の死体があった。俺はそれを遮蔽物代わりにしながら、こちらに向かってくる騎兵に次々と槍を投擲する。

上空を舞うポッポちゃんは俺から大きく距離を取った騎兵を追撃し、ファイアエレメンタルは俺の隣で火の玉を放ち、敵を燃やす。

俺の正面に来た奴らは、全て死んでいる。目の前にはまた新たな死体の山が築かれた。

「ふふっ、はははははは！」

笑うしかない。強い酒を飲んだ時のような戦の高揚感に。簡単に死んでいく敵兵に。そして誰一人として俺に近付く事なく、その命を止めていく事に。

血の臭い。男の絶叫。臓物の臭い。女の悲鳴。その全てを俺が作り出している。

俺だって、生きたまま捕まえられるならそうしたい。しかし、そんな方法はないから、殺すしかない。殺さなければ、俺の後ろにいるエアが死ぬ。

こんな行為を何も感じずに行える。そんな自分がいる事に、ただ笑うしかなかったのだ。

アニアやジニーが今の俺を見たら、どう思うだろう。俺はそれが気になった。彼女達だけではない。アルンやセシリャ、家に残してきた家族達。皆には絶対にこの姿を見せたくないと思ってしまう。

まあ、エアの奴は気にしないだろう。アイツはもう分かっているはずだ、自分がどれほど血の流れる選択を下したのかを。

考えていても仕方ないか……

俺は半ば自動的に敵を殺しながら、新たな死体を積み重ねる為に動き出す。

「ポッポッ！　俺を守れ！」

上空を飛んでいるポッポちゃんに指示を出し、俺は【テンペスト】を片手に、まだこちらに突撃し続ける敵騎兵部隊へと突っ込んだ。

【健脚の脚甲】で強化された脚力で爆発したかのように加速し、公爵軍の精鋭部隊の一人を串刺しにした。それでも俺の勢いは止まらず、そのまま突っ込み、更にもう一人も突き刺した。

【テンペスト】の刃風が発生し、二人の男が吹き飛んだ。熟しすぎた果実のように、肉塊を周囲にぶちまけた。

俺は騎兵達と同じ高さまで跳躍し、槍を突出し串刺しにする。何度もそれを繰り返し、二十を超える死体を作り上げたところで、一度足を止めた。

いつの間にか脇腹に刺さっていた矢を抜いて、右足に受けた槍の切り傷を回復する。この程度の傷なら、『ヒール』で十分回復出来た。

「止まったぞ！　今だ、殺せ！」

俺が止まった事で、周りを囲んでいた男達が四方から迫ってくる。

俺は全力で跳躍し、迫る騎兵達を飛び越えてその包囲を逃れた。

「な、何なんだこの化け物は！　お、俺を守れ‼」

逃げた先にいた男が俺を指差して叫んでいる。見栄(みば)えの良い鎧を着ているので、指揮官か何かかもしれない。

怯(おび)えた瞳を見せるその男の腹に、流れる動作で【テンペスト】を突き入れた。槍は、すぐに刃風を発生させ、男の命を奪い取った。

弾けた臓物が顔に当たり、不快な気持ちになる。

気付けば体中が血まみれだった。エアに借りたマントも血を滴(したた)らせていた。少しだけ悪いと思ったが、俺は残る敵を殺す作業を再開した。

「団長が……貴様ら仇(かたき)を取れ！」

一人の男が声を上げたのを合図に、俺を取り囲む騎兵達が槍を振りかざす。

だが、彼らはそれを最後まで続ける事が出来なかった。俺の相棒が岩の槍を降らせて半数を殺し、残りにも稲妻を飛ばしてその命を奪ったからだ。

ポッポちゃんの援護で少し落ち着いた俺は、改めて周囲を見回す。

気付けば敵のど真ん中にいた。

騎兵達は足を止めて俺を取り囲んでいる。場所は最悪だが、敵の動きが止まったなら好都合か。

その時、片方のファイアエレメンタルが消滅している事に気付いた。

「……いつの間に消えてた？　どんだけ俺は必死だったんだよ」

目の前の戦いに没入していた自分に、思わず苦笑した。

「サモン・ファイアエレメンタル！」

再度召喚されたファイアエレメンタルが俺を取り囲む騎兵達を燃やしていく。近くにいると邪魔だから、俺から離れた場所で暴れるように命令しよう。

さて……またやるか。

俺の体力はまだ尽きる気配がない。今まで怖がって大群の相手を避けていたのが馬鹿馬鹿しくなるほど、簡単に殺せる。

氷天、勇者と、名のある人物に余裕をもって勝利出来る俺は、もはや数で押されてもそれを跳ね返せる力があるのだと確信した。

握り拳を作って自分の力を確認していると、少々歳のいった、身分の高そうな男が叫んだ。

「何をしているお前ら、行け！　相手は一人だぞ！」

男が命令を下しても、周りの者は誰一人動かなかった。

俺を見つめる彼らの瞳には、恐怖の色がありありと浮かんでいる。

命令を出し続けるうるさい男をナイフの投擲で黙らせると、それは始まった。

「も、もう、いやだあああぁぁ！」

一人の男が恐怖の声を上げ、味方を押しのけて逃げていく。

「ば、化け物がっ!!　くるなあああ!!」

それは次々と連鎖していき、俺の周りにいた騎兵達が逃亡を開始した。

距離を取ってくれるなら、それはそれで都合がいい。

槍を取り出して逃げる男達の背中に投擲を続けていると、気付いたら俺の周りには誰一人敵がいなくなっていた。

どれだけ殺しただろう。

直接殺した数は五十を超えたあたりから覚えてないが、視界に入る死体を数えてみれば、確実にその倍以上だと分かる。

遠くでは疲れ知らずのファイアエレメンタルがまだ攻撃を続けていた。

ポッポちゃんを探してみると、彼女は大分疲労したのか、主を失いポツンと佇む馬の上で休憩していた。

少しぼーっとしていると、後方からこちらに向かって走ってくる大勢の部隊の気配を感じた。方向的に味方のようなので、攻撃せずに待つ事にした。

男の大きな声が聞こえてくる。

「貴様ら、降伏しろ！　公爵は捕らえたぞ！　逃げる者は容赦しない！」

公爵……？　あぁ、って事は終わったのか……

男達がこちらに近付いてきた。格好からして騎士が中心だろう。その中の一人が、立ち尽くす俺の前に来ると、馬から下りた。

「そのマント……血に染まっているが、エリアス様の物だな？　貴公の話は聞いている。援軍、感謝する」

ボーっとしたまま何も言わないでいると、男は更に言葉を続けた。

「敵大将の公爵は捕らえた。貴公の働きにはとても助けられたぞ。さあ、早く体の汚れを落として、今日はもう休まれよ」

男はそう言って俺の肩を叩くと、集団に戻って敵兵への降伏勧告を再開した。

なんだかとても呆気（あっけ）ない終わり方だ。

これといった強敵を倒した訳ではないからか、中途半端に感じる。自分が一体どれだけの事を出来たのか分からない。

あぁ、そうだ。ファイアエレメンタルを止めないと。それと、ポッポちゃんはどこ行った？

あぁ、あそこにいた。こっちにおいで。

あっ、血まみれで嫌か……。水をかぶれば落ちるかな？

冷たい……。でもこれで大分マシになったか。さあ、帰ろう……

「ポッポちゃん、俺を連れてってくれ……」

俺の言葉を聞いたポッポちゃんは力強く鳴くと、一瞬で俺を上空へと上げてくれる。

眼下には突き殺された死体、焼け焦げた死体、何かに押し潰された死体、そして爆発でバラバラになった死体などが至るところに残されていた。

俺は自分が引き起こした結果を忘れないように目に焼き付け、アニア達が待機している馬車へと戻った。


馬車の近くに降り立つと、アニアが真っ先に駆け寄ってきた。

「ゼン様、おかっ……！　血だらけっ！　ど、ど、どこを怪我したのですかっ!?」

俺の酷い有様(ありさま)を見て、アニアの顔が真っ青になった。

「あぁ、怪我はもう治してあるよ。これは全部返り血だ。着替えるかな」

「本当に大丈夫なのですね？　あっ、お手伝いするのです！」

「一人で出来るから良いよ」

「駄目なのです！　気付いていない怪我があるかもしれません。絶対にお手伝いするのです！」

アニアが俺の背中を押して馬車から離れた場所に誘導した。視線を遮る草むらに入ると、一気に鎧を脱がされた。

「鎧とか装備は後で洗いますから、私が持っておきます」

アニアはそう言うと、鎧の下に着ていた服まで脱がして、俺の体を隅々(すみずみ)まで確認しはじめた。

「んー、本当に怪我はないのですね？　それにしても、なんでこんなにビッショリ濡れているのですか？」

「血が凄いから、水を浴びた」

「水で落としてもこれなのですか……。今お湯を用意しますから、待っていてください。あっ、パンツは脱がないでくださいね？」

パンツ一丁にされた俺は、言われるままにアニアがお湯を用意してくれるのを待った。

「あー、髪まで血でべっとりなのです。ゼン様、座ってください！」

言われた通りその場に座ると、アニアが頭から湯を掛けてくれた。そして、いつの間にか取り出していた石鹸（せっけん）でゴシゴシと洗いはじめる。

ずっと無言で押し黙っているので、頭を洗う音だけが聞こえる。

「……ゼン様、いつもとちょっと様子が違うのです。大丈夫なのですか？」

アニアが心配そうに俺の顔を覗き込んだ。

「今回はちょっと〝くる〟ものがあったな……」

一瞬、俺を洗うアニアの手が止まった。

「見ていた感じでは分からなかったのですが、ゼン様でも苦戦したのですか？」

「まあ、そんなところだな」

「ゼン様は凄かったのです。一切敵を寄せつけずに、向かってくる騎兵達を食い止める姿は、本当に格好よかったのです！」

うーん、なんだか思っていた反応と違うな……。もっと怖がったり気持ち悪がったりすると思っていたんだけど……

「アニアは、俺が大勢の命を奪った事をどう思うんだ？」

「えっ？　敵を倒すのは当たり前なのです？」

アニアは質問の意味が分からないといった様子で、首を傾げる。

「そうだけど、相手は人間だぞ？」

「あー、そういう事ですか。でも、あれを放置したらエア様が危険になるのですから、いいと思います。過去の英雄や勇者達も、多くの人や生き物の命を奪っているのですから、それと同じなのです」

なるほど、アニアの考え方の一部が見えてきた。

「それに私は……強い男の人は素敵だと思うのです。だから、ゼン様にもうすぐもらわれると思うと、ドキドキなのです……」

アニアは頬を赤らめ、目を閉じる。

「アニアはいつの間にかエッチな娘になったたな……」

「えっ！　な、なんでなのですか!?」

ちょっと照れくさいのでからかってみたら、アニアは結構な動揺を見せた。

そんなアニアの言葉や仕草に触れると、少しずつ心の強張りが取れていくのを感じる。

アニアの考えが一般的なのかは分からない。だけど、暴力が身近にあるこの世界では、金や容姿だけでなく、この手の強さも男の魅力なのかもな。

俺はもう一つ気になった事を聞いてみた。

「それは、ジニーも同じかな？」

「うーん、ジニーちゃんの方が、私よりもっと強い人が好きだと思うのです」

確かに、あの子ならそうかもしれないな。

ならもう悩むのはやめだ。他人にどう思われようと、この子達がそう言ってくれるなら、俺が気にする事ではない。

体の汚れが落ちる頃には、オレの心はいつも通りに戻っていた。

「ふー、綺麗になったな。ありがとう、アニア」

「私がお世話するのは当たり前なのです！」

「そうか……じゃあ次は、俺をもっと癒してもらおうかな」

俺は体を拭いてくれてるアニアを引き寄せて、両手で抱きしめた。

「はぁー、落ち着く」

「わっわっ、もー！　ゼン様、まだ頭拭いてるのですよ？」

普段から積極的に引っ付いてくるだけあって、こんな事をしてもアニアは大して慌てない。俺も今は家族の温(ぬく)もりに近いものを感じているから、〝そんな雰囲気〟でもないからかな。

その時、草むらがガサリと音を立てて動いた。

「師匠ー、時間が掛かっていますけど、だいじょ……」

様子を見に来たマルティナが、俺とアニアの姿を見て固まった。

そういえば、俺は今パンツ一丁か。

そんな姿の男が、女の子に抱きついている。しかも目撃者は箱入り娘。

結果は明白だった。

「ふ、ふしだらですわああああ!!」

マルティナは真っ赤な顔をして走って逃げて行った。

◆

ゼンが本陣を出てから一時間ほどが経つ。

伝令がエリアス達の前で膝を突き、戦況を報告した。

「冒険者達はほとんど壊滅しました。方々に散ってしまった為、追撃は行っておりません」

「分かった、ご苦労」

ローワンはそれに応えると、今度はエリアスに向けて言った。

「これで挟撃から逃れる事が出来ました。前線部隊も追撃に入っており、残るは右翼に展開している公爵軍の精鋭部隊だけですが、これももうすぐ壊滅する見込みです」

「ローワン卿、果たしてあの報告は本当なのか……?」

「多数の諸侯が目撃したと申しておりましたので、おそらく事実でしょう。彼は凄まじいですね」

エリアス達のもとには、既に右翼側の報告が届いていた。その内容は、一人の少年が獅子奮迅(ししふんじん)の勢いを見せ、五百人近くの公爵軍を血祭りに上げているというものだ。

ゼンをよく知るエリアスでも、この報告を信じる事が出来ず、続報を待っていた。

戦いも終盤になると、詳細な報告が上がりはじめる。

別の騎士が戦果を報告する為に本陣に駆け込んできた。

「魔法剣を持つ男と強力な魔法使いを倒しました。魔法剣はどうやら氷の剣のようです。魔法使いの方も顔が知られた人物で、双方とも氷天の弟子だと思われます」

「氷の剣!? という事は、氷天がこの戦場に来ているのか!?」

「いえ、それが……団長も氷天を警戒したのですが、全く姿を見せる事はありませんでした」

「弟子だけとは、不可解な……」

諸侯達は騎士の報告を聞き、口々に驚きと疑問の声を上げた。

「氷天とはそれほどの者なのか?」

エリアスが口にした疑問に、諸侯の一人がすかさず答えた。

「もちろんでございます。そうですね……剣術だけで言えば、この国の頂点と呼ぶに相応しい男です。〝氷天〟の名前の通り、アイスブリンガーというアーティファクトの使い手で、数多くの強者を屠ってきました。しかしながら、冒険者上がりで粗暴な振舞いが目立つ男でもございます」

別の者も首肯した。

「私も数度見ただけですが、恥ずかしながら、対峙しただけで恐怖を感じるほどの男でした。あれがこの戦場に現れると思うと、少し心配ですな」

諸侯の説明を、エリアスは険しい表情で聞いていた。

ローワンはそんなエリアスの不安を消そうとして、努めて明るく言った。

「エリアス様、いくら氷天が強いとはいえ、数百の兵に囲まれれば、いつかは討たれるものです。それに幸いにも未だ氷天は発見されていません。戦いが好きなあの男の事、序盤から姿を現すのが普通ですから、この度の戦いには参加していないと考えてもよろしいでしょう」

ローワンの発言に、諸侯らは同意を示して頷き合う。経験豊富で知識もある彼らがそう言うのであれば間違いないのだろうと、エリアスは納得した。

「エリアス様!」

突然背後から、戦場には似つかわしくない可愛らしい声が響いた。

不審に思いながらもエリアスが首を巡らせると、馬を降り、一心不乱で走ってこちらに向かってくる小柄な少年の姿があった。

「おぉ、メリル！　援軍、助かったぞ！」

メリルはエリアスの前に来ると、その場で恭しく膝を突いた。

「エリアス様、遅れて申し訳ありませんでした！」

「頭を上げてくれ。本当に危ないところを助けてもらった。感謝するぞ、メリ……ル？」

エリアスは体を起こしたメリルを見て、彼の格好に初めて気付いて言葉に詰まった。

メリルの子供用鎧は、わずかだが胸元が膨らんでいたのだ。

そしてもう一つ目を奪われたのは、短いながらもヒラヒラと舞うスカートの下から覗くむき出しの太ももだ。男性向けの鎧ではありえないデザインに驚きながらも、エリアスは白く細い太ももに見入っていた。

「あ、あのエリアス様……あまり見られては、恥ずかしいです……」

「あっ、あぁ、悪かったな。珍しい鎧なので、ついな」

慌てて視線を外したエリアスは、引きつった笑みを浮かべながら謝罪した。

彼は自分の事をじっと見つめるメリルの瞳から逃れるように、視線を移動させる。

するとそこには、仮面で顔を隠し、黒いローブを纏った怪しい格好でホワイトホーンに跨がる者がいた。

「メリル、あれは何者だ？」

メリルの鎧の事から話題を変えようという思いもあり、エリアスはその人物の事を尋ねた。

「あの方は、我が軍を誘導してくれた方です。エリアス様の配下の方……ですよね？」

エリアスは、この者が敵ではないと判断したが、中身を見るまでは油断出来ない。周りにいた騎士のウィレム達に目配(めくば)せして、自分の周りを固めさせた。

「エリアス様、あの者は大丈夫だと思います。少しお待ちください」

騎士達の警戒を察したグウィンが、仮面の者の正体を確かめる為に近付いた。この仮面は以前ゼンが着けていた物と同じだと、彼には分かっていたからである。

グウィンが一言二言話すと、その者は素直に仮面を取り、着ていた黒いローブも脱いだ。

そこには、エリアスがよく見知っている少年の姿があった。

「アルンッ！　お前だったのか！」

長い間、弟のように接していた少年との思いがけない再会に、エリアスは思わず喜びの声を上げた。

それはダンジョンを共に攻略したウィレム達も同じで、先程までの緊張した様子から一転、顔には笑みが浮かんでいた。

「エア様、お久しぶ……あっ！」

挨拶をしようとしたアルンだが、自分がホワイトホーンに乗ったままだと気付き、急いで飛び降りた。そして膝を突いて、挨拶を最初からやり直した。

「お久しぶりです、エリアス様。主人の命により、ドライデン様を誘導しました」

「大義であった。貴公の働きによって、我が軍は大分楽になったぞ」

久しぶりに見たアルンが騎士達に引けを取らぬ立派な態度を見せた事を、エリアスは内心喜ばしく思った。そして、自分もそれに相応しい言葉で応えるべきだと考え、あえて固い返事をしてみせたのだ。

エリアスがアルンとメリルと少しばかりの会話を楽しんでいると、慌ただしく駆けてくる伝令の姿が見えた。

「報告ですっ！　敵大将、アラディン公爵を捕らえました！」

伝令から勝利が確定した言葉が伝えられると、本陣に集まっていた者は皆一様に喜びの声を上げた。

「おぉっ！　やりましたなエリアス様!!」

多くの者が肩を抱き合い、喜びに打ち震えている中、ローワンは一帯に響く大きな声で言った。

「よしっ！　敵兵に降伏勧告をしろ！　逃亡する者や、聞き入れなかった者は切り伏せてしまってもいい！」

一切の油断を感じさせない声に、彼の周囲にいた伝令は即座に動き出し、喜びに浮き足立っていた諸侯らも、側近を引き連れて最後の締めに動いた。

それを見届けたローワンは、ようやく険しかった表情を崩した。

「エリアス様、これで勝ちは確定です。追撃は騎士と諸侯に任せて、我々は一度引きましょう」

眼前の戦場では自軍の一方的な蹂躙が始まっている。追われた敵兵がフォルバーグの街に逃げ込む事は分かっている。

しかし、勝った瞬間に生まれる油断こそが恐ろしい事を、ローワンは父から教わっていた。それで、慎重を期す為にも下がる事を提言したのだ。

「分かった、そうしよう。メリル、アルン、お前達も来い」

エリアスに呼ばれたアルンは、自分の後方で何も喋れずに立ち尽くしているパティをチラリと見やった。

「エア様、あの人もゼン様の奴隷で、僕と一緒に伝令をしたんです」

「そうなのか、じゃあ彼女も連れて行こう」

アルンがそう言うなら問題ないと判断したエリアスは、パティの同行を許し、共に後方の天幕へと戻った。

天幕の中に入ると、メリルはエリアスの隣に腰掛けて、援軍に駆けつけるまでの経緯を熱っぽく話しはじめた。

「――それで、自分の喉元にナイフを突きつけたら、爺達も諦めて兵を出す事を認めてくれたのです！」

「はっ、はは。そ、そうか……」

自殺を仄めかしてまで兵を動かしたと喜々として語るメリルに、エリアスはただならぬ狂気を感じ笑顔を引きつらせた。

エリアスは早く話題を変えようとして、メリルとは反対側の隣に座るアルンの方に体を向け、思い付くままに問いかけた。

「あっ、そうだ！　アルンは何か欲しい物はないのか⁉」

「欲しい物ですか？　う～ん、そうですね。物というよりも……出来れば、指揮をしているところを間近で見てみたいです。もちろん、ゼン様の仕事があれば、それを優先させますが」

「なんだ、アルンは指揮に興味があるのか？」

「はい。ゼン様は自分で兵を動かす事に興味がなさそうなので、僕が少しでも覚えてれば、いつかお手伝い出来るかなって」

その言葉を聞いたエリアスは、アルンの未来を感じた。同時に、ゼンを羨ましいとも思った。自分にもこんな弟のような存在が欲しいと、純粋に思ったのだ。

そんなエリアスの表情を見逃さなかったメリルが、エリアスの腕を掴んで自分に引き寄せた。

「エリアス様！　私も指揮を覚えます！　私もエリアス様のお役に立ちたいです」

瞳を潤ませながら訴えるメリルを見て、エリアスは何故か心臓の高鳴りを感じた。

彼は一瞬言葉を失ったが、相手は男なのだ、それもまだ十歳の子供なのだと自分に言い聞かせ、辛うじて返事をした。

「た、頼んだぞ……」

その言葉でメリルの顔に笑みが広がる。

恋をしたような表情を浮かべる少年メリルと、それを見て汗顔するエリアスの姿に、ローワンは自分の妹――エリアスの婚約者である――との間に跡取りが出来るのか、若干心配しはじめていた。

天幕の中ではエリアス達の他愛のない会話が続く。

エリアスが呼び出した〝ある人物〟が訪れたのは、それから少し後の事だった。

◆

「い、いくらアニアと婚約していようとも、未婚の男女があのような事をするなど、ふしだらです！」

顔を真っ赤にしたマルティナが俺に詰め寄る。

「うん」

「本当に分かっていらっしゃるのですか？」

「はい」

血だらけになった体を洗い終わった俺がアニアと一緒に皆のところに戻ると、馬車の傍にマルティナが待ち受けていた。

彼女は俺を引っ張り、休憩用に出していた椅子に座らせた。

先程から貞操観念について頑張って語る姿が可愛いので、素直に聞いている。

それにしても、いつの間に俺はアニアと婚約した事になったんだ？

本人が受けてくれるなら嫁にする気は満々だけど、まだ一言も告げていないぞ。

マルティナの話を聞いてると、妙に腹が減ってきた。俺はマジックバッグからパンを取り出して、頬張った。

「師匠、人が話しているのに、何故パンを食べはじめるのですか？」

「何を言っているんだ、ここは戦場だぞ？　食える時に食う。そのどこがいけないんだ」

「確かに……」

簡単に納得しやがった。今まで出会った女の子の中じゃ、マルティナが一番ちょろいな……

「分かりました。では、食べながらお聞きください」

「俺、この後エアと話があるんだよね。さっき会っちまったし、顔出さないと怒りそうなんだよなー」

「誰ですか、そのエアという方は？」

「エリアスの事」

「皆様が言う、次期王の？」

「うん」

「急いで支度しましょう！　アニア、師匠のお手伝いをしてくださいまし。あっ、わたくしのマジックボックスをお返しください。すぐに準備いたしますわ！」

何故かマルティナがあたふたと動き出した。

「一緒に来る気なの？」

「当然ですわ」

「何するんだよ」

「ご挨拶に決まっていますわ。わたくしは既に自分の意思でこの場にいるのですから、いいですよね、師匠？」

「……はい」

ここで断ると、絶対に「無理やり攫ったくせに……」とかなんとか言って泣くんだ。俺は分かっている！

「アニア達はどうする？」

「んー、セシリャさんと待ってます。セシリャさんも行かないですよね？」

アニアが顔を向けると、隣に座っているセシリャは大袈裟な動きで首を縦に振った。

「絶対に緊張するから行きたくない。ここでゼン殿の帰りを待ってるからね！」

うん、そう言うと思った。

謁見には興味なさそうなファースも残し、俺はマルティナとポッポちゃんを連れて馬で移動する。

そういえば、アルンとパティが戻ってないけど、グウィンさんの所にでもいるのかな？

「――で、その戦姫は、亜人の群れを一網打尽にしたというのです。って、聞いてますか、師匠？」

「うん、亜人を倒したんだろ？」

「そうなのです。そして――」

エアの本陣までの短い距離だというのに、マルティナの戦姫談義が始まった。余程好きなのだろう、話し出すと止まらなくなる。

彼女の言う戦姫とは、シーレッド王国第二王女、セラフィーナ・エステセクナの事だ。複数のアーティファクトを所持し、王軍の一部を率いて前線で活躍している人らしい。年も若く、また美しさも持ち合わせ、シーレッド王国で彼女を知らない者はいない。もちろん、この国でもそれなりに有名な人物だ。俺も名前ぐらいは聞いた事があるが、そんな有名人とお近付きになる機会はないと思っていたので、大した事は知らない。

「……更にそこには、敵の手が！」

既に俺達はエアがいる天幕のすぐ傍まで来ているのだが、マルティナの熱弁は止まるところを知らない。

キラキラ光るその目には、一体何が見えているのだろう。

「あっ、ご苦労様です。通っていいんですか？　おい、マルティナ、もう着くぞ……」

警護の兵に声をかけ、マルティナに注意を促す。

「あら、わたくしとした事が。うふふ」

彼女はいつの間にか取り出した扇子を口に当てて、お上品に笑っている。

様になっているが、反省の色は見られない。後でたっぷり搾ってやろう。

天幕の前には、さきほどチラリと顔を合わせた知り合いの姿があった。

「お久しぶりです、トバイアさん」

「お久しぶりです、ゼン殿。お元気すぎるようで、何よりです」

数ヵ月ぶりに会ったトバイアは、以前とあまり変わらない印象だった。

あぁ、こんな風に思うのは、俺の周りが成長中の子ばかりだからかな？

「色々とお話をしたいところですが、エリアス様がお待ちです。どうぞお入りください」

天幕の中には六人の人物がいた。真ん中の立派な席にはエアが座り、その隣には何故かアルンがいる。

アルンと反対側にはメリル君の姿があった。何故か胸の膨らんだ鎧とスカートを身に着けている。

何がきっかけか分からないが、女装に目覚めてしまったようだ。元々顔立ちが可愛いから似合っているが、エアを見る目つきがちょっと怪しい。

アルンの後ろには直立不動で固まっているパティの姿があり、メリル君の脇にはグウィンさんとローワン様が立っていた。

メリル君はともかく、アルンが椅子に座っているのは少し意外だ。

「おぉ、やっと来たか、ここに座っ……て、誰だ、そのお嬢さんは？」

エアの視線が俺から後ろにいたマルティナに向くと、疑問の表情が浮かんだ。

「お初にお目に掛かります。わたくし、シューカー伯爵家の長女、マルティナでございます。エリアス様にお目通り出来て、恐悦至極でございます」

普段はアホっぽい子だけど、流石に貴族だけあって、こういう挨拶はしっかりしている。

「シューカー……？　あぁ、そうか。そういう事か。お美しい方だ。戦場に咲いた薔薇のようだな」

あれ？　エアはマルティナの事をどこまで知っているんだっけ？　一瞬エアの顔が引きつったように見えたけど、まずかったか？

ちなみに、エアがマルティナを褒めたのは、彼女の服装のお蔭だろう。

準備をすると言ったので彼女のマジックボックスを返すと、中からドレスを取り出して、馬車に入って着替えはじめた。

まあ、女の子だしおめかししたい気持ちは分かる。それは目を瞑るとして、着替えの為に俺のアニアをあまり使わないでほしい。これは、後で脇をくすぐりながら教育だな。

「して、マルティナ殿は何故この戦場に？」

「運命的な出会いがございまして……。今はゼン様に剣をご指導して頂いております」

「そうか……励んでくれ」

エアが半ば諦めたような表情で言うと、マルティナは深々と頭を下げた。

「仰せの通りに」

エアも軽く頷いて応え、爽やかな笑顔を見せた。

「さあ、二人共座ってくれ。アルン、すまないが席を代わってやってくれ。ゼンは俺の隣にな」

「ははっ」

アルンが席を立ち、パティの隣に並ぶ。

エアの手招きに応じて隣に腰掛けた俺は、エアと見つめ合う事になった。

一見すると笑顔だが、目はまるで笑っていない……

「今回の活躍、見事だった。公爵軍の精鋭部隊を足止めしてくれたお陰で、この戦いに勝つ事が出来たぞ」

「いえ、勝利は公爵を捕らえた方々の功績かと」

「いやいや、そんな事はないぞ。加えて貴公の配下の働きによるドライデン家の誘導にも助けられた。その判断、見事だった」

「我々はただ戦況を伝えただけでございます。直接戦って敵を退けたドライデン子爵様の働きかと」

メリル君がキラキラした笑顔でこちらを見ている。可愛い。

「ははは、謙遜するな。そして、敵飛行部隊を壊滅させたのは、貴公のペットの白い鳥であろう？我が軍の飛行部隊が自由になったお陰で、前線が有利になったのだ。貴公らの働きは、千の兵に値する」

「えぇ、我が友は優秀ゆえ、その程度の働きは簡単でございます。そして同時に可愛らしさを持ち合わせております。褒めて頂けるなら、どうぞこの子を撫でてやってください。可能であれば、この戦いが終わった後には、この子に爵位を頂ければと思います」

目の前にポッポちゃんを突き出すと、エアの顔がちょっと引きつった。

「ほ、褒美は後ほど取らせる事にする。それでいいなローワン卿？」

「御意のままに」

「うむ、私はもう少し彼らと話をしたい。ローワン卿とメリルは席を外してくれるか？　あぁ、それとマルティナ殿も、すまないが外してくれ」

エアが一気に話を終わらせて、ローワン様達は追い立てられるように天幕の外に出ていった。

天幕の中に残ったのは、俺とエア、それにアルンとパティとポッポちゃんだけだ。

すると突然、エアの表情が変わり、拳が飛んできた。

「おい、ゼン。食らいやがれぇ！」

「ぐおぉぉッ！　てめえ、何しやがる！」

間一髪（かんいっぱつ）で避けられたが、なかなか鋭い拳でびっくりした。

「おいおい、エア。御乱心か!?」

「お前、好き勝手にやりすぎだろ！」

「気持ちは分からんでもないが、なんで殴るんだよ!?」

「こうでもしないと、俺の気が治まらないんだよ！」

いきなり始まった俺とエアのやり合いを見て、パティは目を見開いて固まってしまった。

エアとの関係は話してあったが、ここまでとは思っていなかったのだろう。

そんな中、ポッポちゃんは「なんだか仕方がないわね」とおすまし顔だ。お姉さん気分かな？

「あーくそっ。やっぱり当たらねえ。避けるんじゃねえよ」

エアが苛立ちを露わに何度も殴りかかってくるので、俺は席を立って距離を取る。

「殴られたら痛いだろ。絶対嫌だわ」

「分かった。もういいから座れ」

ようやく諦めてくれたのか、エアは頭を掻きながら席に座るように促した。

「さて……色々言いたいし、聞きたい事も山ほどあるが、最初はお前が何をしたか話してもらうぞ？」

「グウィンさんから聞いてないのか？」

「爺の口からはあまりな。分かりやすいヒントだけはくれたが」

なるほど、グウィンさんは俺に気を遣って自分からは直接言わなかったものの、主人であるエアにヒントだけは与えたってところか。

別に話してくれてもいいのに、義理堅い人だ。

こうなった以上は隠しても仕方がないので、伯爵暗殺の話からマルティナ誘拐まで、俺が裏で行った工作を説明した。

「大体予想はついていたが、やっぱりお前かよ……。しかも氷天まで殺してるのか？　お前の強さ、マジでどうなってんだよ？」

「そうは言うけどな、選択を間違っていたら負けてた可能性もある。俺はもっと強くなる必要があると思ってるぞ」

氷天の斬撃を【魔道士の盾】で受けていなかったら、本当にやられていたかもしれないからな。

「まあ、これで色々納得いった。お前が裏で動いた事に関しては、闇に葬る。俺の方で処理するからそのつもりでいてくれ」

「葬っていいのか？」

「お前なあ……言えると思うのか？　流石にローワンさんには話すけど、ある程度までに留めておかないと、貴族が減る」

「どういう事？」

「これが知れ渡ったら、復讐しようとしてお前に刺客を送る奴が出る。んで、お前はそれに反撃して殺すだろ！」

「なる……ほど？」

エアはどこまで俺が〝やれる〟と思っているんだ。流石に殺し屋の口を割らせてそこから犯人に辿り着くとか、無理だろう……

「お前は大丈夫だとして、アルン達が狙われたらどうする気だったんだ？」

「俺だって、やばい事をしている時は顔を隠していたよ。それに、そんな事を気にしだしたら、何も出来ないぞ？」

「まあ、そうだが……」

話をして落ち着いてきたのか、厳しかったエアの表情が和(やわ)らぎ、普段のイケメン顔に戻っていた。

エアはしばらく黙って俺を見つめた後、おもむろに口を開いた。

「……ゼン、よく駆けつけてくれたな。お陰で俺はまだ生きてるし、次に繋がった。お前以上に俺を助けてくれる奴は、本当にいないない」

「はは、ジニーから〝兄様を助けろ〟って言われてるからな。この軍が負けても、お前だけは逃がすぞ」

「まったく……なんだよ、それ。改めてだが、アルンもよくやってくれたな。ドライデン子爵を誘導してくれたから、公爵の精兵部隊の対応に数を割(さ)けた」

「ゼン様の指示ですから」

リラックスした様子のアルンはエアに笑顔で応える。

「えっと、貴方はパティさんだっけ？　アルンの手助け、ご苦労様」

「きょ、恐悦至極にございます！」

一方、パティはエアに話しかけられると固まってしまい、直立不動でぎこちなく礼を言った。王族を前にすると普通はこうなるんだろうな。

「あっ、忘れちゃいけないな。ポッポちゃんもありがとう」

エアは俺の膝の上に乗っているポッポちゃんに手を伸ばして、頭を撫でている。ポッポちゃんはクルゥクルゥと鳴いてご満悦(まんえつ)のようだ。

「改めて聞くが、ゼンがここに戻ってきたって事は、ジニーはマルクトに無事辿り着いたんだな？」

「あぁ、向こうで長老に引き渡してきた。ちゃんと受け入れてくれたよ」

「そうか、じゃあアイツの心配はしなくていいな。で、お前らの褒美だけど、希望はあるか？」

いきなり褒美と言われても、パッと浮かんでくるのは金ぐらいなんだよな。

「この状況で褒美なんて出せるのか？」

「正直言うと厳しいな。だが、働きには褒美を出さないと、示しがつかないんだよ」

その理屈はなんとなく分かるが、俺は少ないところからもらう気はないんだよな。

「なら、それは落ち着いたらでいい。今は適当な物を渡したって事にしとけよ」

「そうか、助かる。アルンは自分で話せよ？」

なんだ、アルンは何か望みでもあったのか？　本人が欲しい物があるなら、それはそれでいいんだけどね。

「それで、ゼンはこれからどうするんだ？」

「もうエアに見つかったし、これからはついていくかな。戦況を見て自由に動きたいから、遊軍的な扱いにしてくれないか？」

ついていくと言っても、どこかの部隊に組み込まれるのは困る。

俺は自由に動きたいんだ。

「じゃあ、爺の下って事にするか。普段は雑務をこなしてるが、戦闘時にやる事はあまりないからな。お前も爺の下なら大人しくしてるだろ」

「そりゃ、グウィンさんには迷惑を掛けたくないからな」

「よし決定だ。あっ、何かあったら呼び出すから、そのつもりでいろよ？」

「お前、寂しくなったら呼ぶ気だろ……？」

「……王は孤独なんだよ！」

結構素直に認める辺り、本気で寂しいっぽいな。まあ、グウィンさんの近くにいれば顔を合わせる機会も多いだろう。


エアと別れてアニア達のもとに戻った俺達は、先程決まった通りグウィンさんに合流する。

グウィンさんは早速俺達の為に天幕を一つ用意してくれた。

今後はここで過ごし、グウィンさんの近くで行動する事になる。

「ゼン様、お手伝いしてきていいですか？」

俺が休憩している間、セシリャと外の様子を見に出ていたアニアが言った。

「何を手伝うんだ？」

「怪我人がまだいるみたいなのです。回復魔法を使える人は限られるので、私も行こうかと」

「なるほど、じゃあ俺も行くか」

そういう話なら、人手は多い方が良い。

俺はアニアに連れられて、負傷者を収容する大きな天幕を訪れた。

天幕の中では大勢の傷ついた男女が痛みに喘ぎ、それを助ける人達が忙しなく駆け回っていた。

この軍には魔法を使える人間が千人はいるのだが、回復魔法が使える魔法技能レベル３に到達している者は少ない。その数少ない彼らも、先の戦いでＭＰを消耗し、疲れ果てているので、すぐに治療に当たるのは無理なのだろう。

少し様子を見てみると、回復ポーションなどはほとんど使われていないように見える。一本につき金貨一枚とかなりの高級品なので、一般兵の治療にまで行き渡らないんだろう。

ここでの治療は止血や傷口の縫合など、ごく初歩的な応急処置しか行われていない。魔法やポーションという万能の治療方法がある弊害なのか、この世界の医療はあまり発展していないのだ。

「アニア、とりあえずこれを使って死にそうな奴から回復だ」

俺はアニアに【霊樹の白蛇杖】を渡して指示を出す。

本当は素顔を隠して治療に当たりたいが、そんな事を言っている暇はない。すぐにでも死にそうな人達が溢れているからだ。

アニアが腹から腸がはみ出している男に『ヒール』を掛けている。【霊樹の白蛇杖】のお蔭か、見る間に腸が腹の中へ戻り、傷口も閉じた。

俺も太ももに深い傷を負って大量出血している男に『グレーターヒール』を掛けた。すると、血を失って真っ青だった顔に生気が戻ってきた。

次々に回復魔法を使っていると、簡単にＭＰが底を尽きた。

「アニア、ＭＰが尽きたら瞑想で回復しよう。戻ったらまた回復してあげてくれ」

俺の言葉にアニアは大きく頷くと、天幕の隅に座って瞑想を始めた。集中すれば、十分程度でま

たMPは元に戻るだろう。

俺はその間、マジックボックスに死蔵しているポーションを使っていく。それほど手持ちに量はないのだが、それでも出血している場所にかければ止血は可能だ。

ポーションをぶっかけて回っていると、俺の背後から女性が声を掛けてきた。

「き、君ッ！　私も手伝わせて！」

「手伝ってもらえるなら、人を集めてもらえます？　ポーションを配るので、使ってください。あと、錬金スキルを持ってる人がいたらよこしてください」

「分かったわ、少し待っててちょうだい！」

女性はそう言うと、周りにいた同じ服装の人達を集めだした。いわゆる軍医はいないので、彼女達は医者ではない。普段は雑務などを担当しているのだろう。

俺は集まった人達に、手持ちのポーションを全て渡していく。

更に錬金スキルを持つ二人の男女を連れて、ポーション作製に取りかかる。

マジックボックスからポーションの材料となる雫草を取り出した。これは以前、森のオーク達が集めて来てくれたものだ。

当時はそれほど意識しなかったが、大きな麻袋に目一杯入っている雫草は、今考えると目玉が飛び出るくらいの値段になる。それは俺の前にいる二人を見ても明らかで、彼らは大量の雫草に驚いて絶句した。

「じゃあ、どんどん作りますか。あっ、使い終わったポーションの瓶はここに戻してください」

応援の二人と協力して必死にポーションを作っていく。作ったそばから患者に振りかけ、空になった瓶が戻ってくる。

治療に当たる人の中にはポーションの使い方に慣れている者もいて、効率の良い使い方が指導されていた。

アニアも復活したようで、忙しく駆け回って回復魔法を使い続けている。

一心不乱にポーションを作り続けていると、アニアに治療を受けた人達がコソコソと喋っている声が聞こえてきた。

「聖女様だ……」

「あぁ、俺も助けられた。なんて魔法なんだ……」

「あの歳でヒールが使えるのか、素晴らしいな」

「可愛い……」

「もみあげ噛(か)みたい……」

アニアを見つめる男の中には明らかに頬を染めている奴もいた。

死にかけているところを可憐(かれん)な少女の魔法で救われたのだから無理もない。

それに、あの年齢で魔法技能レベル3に到達しているのは、とても凄い事だ。

才能のある人間が真面目に訓練を行っても、三十代を迎える頃にようやく到達するレベルだからだ。

雫草が三分の一ほど消えた頃、凄惨(せいさん)を極めていた現場は大分落ち着いてきた。

その頃になると、軽傷だった奴らも起き上がって治療の手伝いをはじめたので、もう俺達の助けは必要なくなっていた。

「ゼン様～、終わりました！」

仕事を終えたアニアが小走りで俺の方へと近付いてきた。俺は彼女を引き寄せてそのまま抱きしめる。男どもの視線を猛烈に感じるが、この子が誰のものか、今のうちに知らしめてやる。

「ゼ、ゼン様!? 最近、積極的すぎます！」

アニアは口では抗議しながらも、体を預けてくる。

彼女の言う通り、最近は俺から抱き寄せる事が多い。一線を越える気はないが、俺の心の内を話してしまったからか、その辺りの抵抗がすっかりなくなった。

それにまあ、純粋に女の子を抱きしめるのは気持ちが良いんだから、仕方がない。

流石に大勢に見られていると恥ずかしいのか、アニアは照れて顔を真っ赤にしている。

可哀そうなので放してやり、【霊樹の白蛇杖】を回収してマジックボックスにしまった。

達成感を喜ぶアニアと話していると、先程の女性が話しかけてきた。

「本当に助かりました！ あの、お二人はどこに所属しているお方でしょうか？ 貴族様方がお礼をしたいのでお連れしろと……」

うーむ、行くべきか、それともやめておくべきか……

今後の事を考えると、お偉方と仲良くなっておくのも悪くない。この国の中枢（ちゅうすう）にコネを作れれば、儲け話も大きく出来るし、いざとなったら助けてもらう事も出来るだろう。けど……正直面倒臭いなあ。

俺が返答に困っていると、一人の男が近付いてきた。

「その子達は今、グウィンの下についている。礼ならそこを通してくれ」

突如現れたのは、エアの参謀、ローワン様だった。

まだちゃんと挨拶も済ませていないが、顔くらい覚えていてくれたのだろう。

「ローワン様っ⁉　何故このような場所に！」

ローワン様を見た女性は腰を抜かしそうなほど驚いた。

彼は領地を持つ貴族ではないにしろ、爵位を持ち、レイコック侯爵の代理として一番の兵数を引き連れて参戦している人物だ。そして、今一番エアに近い者ともいえる。そんな大物がいきなり現れれば、下っ端（したっぱ）ならば誰もが驚くだろう。

「助からないと思っていた者達が元気になって帰ってきたと、諸侯が騒いでいてな。様子を見に来ただけだ」

親父さんのエゴン侯爵様同様、フットワークの軽い人だ。

「ローワンだ。話すのは初めてだね。君の事は戦場で見させてもらったよ」

ローワン様はそう言って手を差し出した。

「ゼンです。挨拶が遅れて申し訳ありません」

「ここはもう大丈夫なんだろ？　君達は戦いの後からまともに体を休めていないのだ、とりあえず今日はもう休みなさい。話はその後にいくらでも出来る」

ローワン様から直接言われた事もあり、俺達は天幕に戻って休息した。

◆

俺は百人近い一般兵と、その倍の捕虜達に向けて言った。

「掘り返した土はそのままでいいので、柔らかくしたら次の場所を掘ってください」

今俺達は、陣から少し離れた開けた場所の地面をひたすら掘っている。

掘って柔らかくなった土を集めさせ、俺のマジックボックスに全て収めている。

これでも明日に控えたフォルバーグ攻めの事前準備をしているのだ。

成功するかどうか分からない作戦なので、まだエアには伝えていない。ただ人手が欲しかったので、グウィンさんに相談したら、これだけの人数を集めてくれた。

この世界の捕虜に人権なんてないのだが、夕食を一品多くしてやると言ったら、彼らは喜んで仕事を手伝うと言い出した。目の前でワイルドボアの丸焼きを始めれば、説得する必要などないのだ。

俺達以外の兵士は、皆明日に備えて武器の手入れなどをして体を休めている。

そんな中、広範囲に穴を掘り続ける俺達は奇妙に映ったみたいだが、誰も文句を言ってこなかった。

それもこれも、誰が言い出したか知らないが、先の戦いで公爵の精鋭騎士相手に無茶苦茶してしまった為に付いてしまった二つ名のせいだ。

今も捕虜の一人が俺を見て、隣の男に何やらコソコソと耳打ちしている。

「おい、本当にあれが噂の〝魔槍〟か？　若すぎないか？」

「お前やめろって！　……俺はこの目で見たんだよ、公爵軍を一人で蹂躙してたのを」

魔槍――俺に付けられた二つ名だ。

あの戦いで何度も槍を投げたし、接近戦でも【テンペスト】を使っていた。槍にまつわる名前が付くのは良いとして、〝魔〟という言われようはどうかと思う。

まあ、死体の山を築いたり、【テンペスト】で人の体を爆散させたりしてれば、そう呼ばれてもおかしくないか……

改めて考えてみると妙に納得してしまったが、それでももっと正義寄りの名前があったのではないかと思わないでもない。

槍……正義の……。うむ、全く浮かばないが、何かあるはずだ。

俺が槍を使うという認識がないマルティナだけは、「あら？　師匠が得意なのは剣術ですわよね？　何故に槍？」と混乱していたが、アルン達は受け入れていた。この世界の実力者には、その手の二つ名が付くのはよくある事なので、俺に付くのが遅かったとまで言っている。

まあ、二つ名に関しては自分で名乗るものでもないし、他人が勝手に言っている事だから気にしても仕方ない。

今はそんな事より、夜が来る前に土を集めよう。

明日フォルバーグを攻める事は確定しているから、その前に終わらせたいんだ。

先日敗走した兵士が逃げ込んだフォルバーグは、早急に落とす必要がある。

何故なら王軍に加え、王都北部と東部を支配している残りの王子達が、自らの軍を率いて向かって来ているからだ。

陽が落ちてきた頃に作業を止めて、約束通り、作業に従事した者に肉を切り分け与えてやる。

マジックボックスに保存していたワイルドボアを二頭潰したが、足りる気がしなかったので、干し肉と酒のセットを取り出して、好きな方を選ばせて凌いだ。

マジックボックスには酒も干し肉もあと数千人分はあるので、いくらでも出せる。

アニアやアルンの手も借りて、俺の身内総出で食事の用意をしていると、そこにマルティナが加わってきた。貴族の彼女にやらせる気はなかったのだが、率先して平民相手に肉を配りはじめた。

伯爵の娘なのに配膳係みたいな事をするなんて、やはりこの娘はちょっと変わり者だ。

配給作業がようやく折り返しに差し掛かった頃、急に辺りが騒がしくなった。

何事かと目をやると、金色の毛並みをした虎を連れ、その脇に三騎士と勇者を従えたエアがいた。

勇者の奴、グウィンさんの所にいないと思ったらエアの護衛をしていたのか。

エアは明らかにこちらを目指しているようなので、俺から声を掛けた。

「これはエリアス様、いかがなされましたか？」

「いや、明日の戦いを前に、皆の顔を見ておこうと思ってな」

「そうでしたか、それは皆さん元気付けられたでしょう」

「うむ」

エアは頷いたが、その目は切り分け途中の、肉汁滴るワイルドボアを凝視していた。

まさかこいつ……

「……召し上がりますか？」

俺が水を向けると、エアの顔が輝いた。

「おぉ！　悪いな。その申し出、是非とも受けさせてもらうぞ」

やはり……こいつ、肉の匂いにおびき寄せられてきやがった！

エアだけに肉を渡すのは可哀そうなので、一緒に来ていた全員に配ると、エアは護衛を従えてそそくさと自分達の天幕へと戻っていった。あいつら本当に顔見せしてたんだろうな……？

まあ、エアも育ちざかりの年頃だ。肉の香ばしい匂いに負けるのは仕方がない。立場上、護衛を引き連れてくる必要もあるだろう。

というか、今にもよだれを垂らしそうな顔を見たら、あげない訳にはいかないよな……

しかし、相手が俺だから良いけど、あんなに気安く食べ物を分けてもらって大丈夫なのか？　毒を盛られないようにちゃんと気を遣っているのか心配だ。

旗印のいきなりの訪問で皆の動きが止まっていたが、アニアとアルンが声を上げて配給を再開すると、次第に騒がしさが戻っていった。

第二章　フォルバーグ攻防戦

天幕から出た俺は、大きく深呼吸をした。

外はまだ暗い。朝日が出るまで一時間ほどかかるだろう。多くの兵士はまだ眠っている時間だ。

仮面とマントを身につけ、装備を整える。

振り向くと、アニアとアルンが笑顔で言った。

「ゼン様、行ってらっしゃいなのです！」

「心配は必要ないかもしれませんが、気を付けてくださいね」

「あぁ、行ってくる。俺がいない間は、グウィンさんの手伝いを頼んだぞ」

俺は二人の頭を撫でながらそう応え、足元で地面を掘り起こしていたポッポちゃんに声を掛けた。

「ポッポちゃん頼む」

ポッポちゃんはクルゥッと鳴いてジャンプすると、俺の頭上でホバリングしはじめた。

俺はポッポちゃんの足を掴み、まだ月の光が支配する空へと飛んでいく。

眼下にはエア軍が夜襲に備えて火を焚(た)いているのが見える。

視線を正面に向ければ、フォルバーグの街もかがり火で煌々(こうこう)と照らされていた。闇の中に浮かび上がるその姿はどこか頼りなく、これから始まる攻撃に怯えているかのように見えた。

これから俺が何をするかと言えば、今日の戦の事前準備だ。

昨日、五百人近くを動員して集めた土砂を使って、埋め立て作業を行う。

フォルバーグ上空に差しかかると、城壁の上で周囲を監視している人達の姿が見えた。

早速左手を突きだして、そこからマジックボックスに詰め込んだ土砂を落としていく。大量のかがり火が焚かれているので、狙うべき目標が見やすくて助かる。

マジックボックスの半分を占める質量のものを扱うのは初めてだ。最初は少量ずつ。徐々に量を増やしていき、感覚が掴めたら滝のように一気に噴出させた。

落とす土砂を調整して、城壁を頂点として、外側と内側に大きな傾斜を作り出す。

俺がやろうとしている事は単純だ。城壁の高さまで土砂を積み上げて、兵士が登れる坂道を作っているのだ。

突然降り注いだ土砂の雨に、城壁の上にいた兵達は大慌てで逃げ出した。

あんぐりと口を開けたまま空を見上げていたせいで、土を食らって吐き出している姿も見える。

空はまだ暗く、俺の姿は見えないはずなので、彼らは何が起こっているのか理解出来ていないだろう。

数分で外側を埋め、大きな山を作り上げた。勾配（こうばい）は急だが、体力のある兵士達ならば余裕で登れる傾斜になっている。

城壁の兵士達はようやく事態が呑み込めたのか、慌てて土砂（どしゃ）を崩そうと無駄な抵抗を始めた。

これは予定通りの動きだ。

後で土砂を追加するつもりなので、その時心を折ってやろう。

続けて街側にも山を作る。途中で飛竜が二匹ほど飛んできたが、俺を塔の上に降ろして自由になったポッポちゃんが呆気なく撃墜した。

その後はもう来なくなったので、あれが最後の飛行部隊だったのだろう。

そうこうしているうちに、街側にも山を作り上げた。

土砂はまだ残っていたので、別の場所にも落としていく。追加の土砂を考慮すると片方だけしか埋められない量なので、城壁の外側へと土砂を積み上げた。

この頃になると、守兵達は空に向かって『ファイアアロー』を飛ばしてきた。しかし、俺がどこにいるかは正確に把握出来ておらず、土砂が降っている辺りを狙って闇雲に撃っているだけだ。

そのうち数発が俺の体に直撃したが、兵士達が放つ魔法技能レベル1の魔法では、俺の魔法抵抗スキルの障壁を破る事は出来ず、傷付く事はなかった。

それにしても、反撃が弱い。

もしかしたら、実力者は既に先の戦いで失われているのかもしれないな。

城壁の外側にもう一つの山を築き上げた俺は、次の目的を果たす為に、街の真ん中にある城砦（じょうさい）の上に移動した。

ずっと飛び続けてくれたポッポちゃんには、しばらくここで休憩してもらう。

この場所から見下ろすと、街の様子が手に取るように分かる。

周囲には鐘の音が鳴り響き、街は大混乱の様相を見せていた。明らかに敵の手により、城壁が無力化されたんだから当たり前か。

よく見ると、大勢の人が街側の土砂へ向かっていた。そのほとんどが街の人のようで、女性まで土砂の除去に駆り出されていた。

この街には万単位の人がいるから、人海戦術で時間をかければ撤去されてしまいそうだ。うーん、これはミスったかな？

まあ、城壁の外にある土砂は、撤去しようにも城門を開けて外に出ないと手出し出来ないから、問題ないか。

さて、街の混乱に乗じて、俺は物資の略奪をはじめよう。

ついでに大将首も取っておきたいが、先の戦いで敵側の状況も分からなくなり、誰が生き残っているのか把握出来ていない。だから今回は略奪だけだ。

なんだかこういう行為を当たり前に出来るようになったが、戦の前にやれる事をやらずに負けるなんてアホらしい。

ポッポちゃんには待機してもらい、隠密スキルを展開しながら闇に紛れて移動する。

グウィンさんから事前にこの街の見取り図は見せてもらっているし、今さっきも空から見たから、すぐに最初の目的地である食糧庫に辿り着いた。ここを潰せば城攻めは更に楽になるだろう。

城壁で騒ぎが起きているにもかかわらず、食糧庫には多数の警備兵が配置されていた。もしかしたら、俺の手口が伝わっているのかもしれない。

しかし、この程度の警備なら今の俺にとってはいないも同然。楽に近付ける。

何せ、俺の隠密スキルは先日レベル5に上がっていたからだ。

戦が始まってから毎日のように使っていたのと、大量の敵兵のお蔭か、隠密スキルの熟練度は加速的に上昇していた。

スキルレベル5になると、気付かれないまま歩ける速度の限界が上がり、これはまだ予想だが――敵の探知への抵抗力が上がっているはずだ。スキルレベル5になったからといって、劇的な変化はない。だが、隠密を維持したまま歩く速度が上がったのは大きい。早歩き程度のスピードが出せるのでストレスも少ないのだ。

食糧庫の入口は警備兵で厳重に固められていた。石造りの建物に窓は見当たらないので、中に入るには正面の入口しかなさそうだ。

仕方がない……警備の彼らには退場してもらおう。

方針を決めた俺は、両手に小さな金属の球を一掴み取り出し、すかさずそれを投擲。

食糧庫の前の兵士に散弾が降り注ぐ。

ヒットした瞬間、驚きの声を上げた警備兵達が地面に倒れてのたうち回る。

何人かはそのまま気を失い、残りの警備兵は辛うじて意識を保っているといった様子で、近付いた俺に反応する者はいない。

今回の作戦では無駄な殺しをする気はなかった。先日の戦いで流石に殺しすぎたからな……。完全に俺の自己満足だろうが、人間なんてそんなもんだろ。

邪魔する者がいなくなったところで、『アンロック』の魔法で扉を開けた。

食糧庫の中は、大量の食糧で埋め尽くされていた。数万規模の兵を維持する量がありそうだ。全てが俺の物になる訳ではないが、収穫の多さに自然とニヤけてしまった。

右手をかざし、食糧庫の中身をマジックボックスに収納して一気に奪っていく。量は多いが、綺麗にまとめられていたので楽だった。

外に出て空を見上げると、東の方が少し明るくなってきている。あと十分もすれば朝日が顔を見せるだろう。

土砂の騒ぎは続いているらしく、人々の動きは慌ただしかった。

まだ時間はあるので、どうせなら他にもいろいろ頂いていこう。俺は食糧庫の屋根に止まっていたポッポちゃんを呼び寄せて、再度城砦へと運んでもらった。

探知スキルで中を窺うと、あの騒ぎのせいで人は出払っているみたいだ。少数の気配は残っているが、いずれも戦闘能力はない。多分侍女などだろう。

これなら簡単だ。遠慮なしにやらせてもらう。

窓を破って城砦内に侵入し、通路にあるドアを蹴り破っては中を確認していく。

いくつかの部屋には人がいたが、いつも通り顔を隠しているので問題ない。

まあ、ベッドの上で怯える女性を見た時は少し心が痛んだが、手は出さないのだから許してもらおう。

十以上の部屋を回り、金目の物を回収していく。いよいよこの街が落ちるとなれば、どうせ逃げる敵が持ち去るはずだ。それなら俺が回収してグウィンさんに引き渡した方が、よっぽど役に立つ。

報酬として少しはもらうつもりだけどね。

改めて考えてみたら、この城砦は公爵の物だと思いだした。もしかしたら、そのせいで中にいる人の数が少ないのかもしれない。生き残った敵諸侯も、ここを接収する訳にはいかなかったのだろう。

それにしても、なかなか良い物が多くて物色するのが楽しい。

壁に掛かっていた絵から部屋の隅に置かれた家具まで、皆上等な物だ。それら全てを頂いていく。

部屋を回っていくうちに、奥まった場所に一際豪華な扉を見つけた。これも遠慮なく蹴り破って侵入する。

部屋の中央に据えられた豪華な天蓋(てんがい)付きベッドの上には裸の女性が横になっていた。一瞬目線が釘付(くぎづ)けになってしまったが、彼女は無視して金目の物を回収だ。

「な、何者ですか！　ここをどこだと思っているのですか!?」

女性はシーツで体を覆いながら、けたたましく喚(わめ)く。

そんな事を言われても知らねえよ……と心の中で答える。

回収を続けていると、この部屋には段違いに良い物が置かれていると気付いた。どうやら、ここが公爵の部屋らしい。

という事は、あの女性は公爵夫人か？　どうせ今後は首を吊るされるか、国外追放のどちらかだろう。うるさいけど、放っておこう。

それにしても良い物ばかりだ。ダンジョン産であろう大粒の宝石を使った装飾品や、ルーンメタル製の武器などが多数あり、調度品の数々も素人目でも素晴らしいと思える。

回収を続けていると、巧妙(こうみょう)に隠された秘密部屋を発見した。

書籍を回収する為に大きな本棚を丸ごとマジックボックスに入れたところ、その後ろに小部屋があったのだ。

覗き込むと、中は本当に狭い。大人二人が入れば一杯になるほどだ。

秘密部屋に入ろうとすると、女性が俺を罵倒(ばとう)しながら慌てて駆け寄ってきた。邪魔をさせる気はないのでナイフを足元に投げつけると、女はすぐに大人しくなった。

床に尻をついて震え上がっている。

俺は基本的に女性には優しくしたい。だが、この女は公爵に近い者だろう。直接の手を下した訳ではないとしても、エアとジニーが受けた一族皆殺しの加害者側なのだ。そんな相手に容赦はしない。親を殺され、国を追われたエア達の事を思うと、心に憎悪の炎が燃え上がる。俺の理性が勝(まさ)って殺さないでいるのが不思議なほどだ。

部屋の中には棚が一つだけあり、多数の宝石と一本の杖が置かれていた。

こんな場所に隠していたんだから、特別な品に違いない。

一通り全ての物に鑑定を行った。宝石類はなんの変哲もない物だったが、杖は違った。どうやら当たりを見つけたようだ。

名称：【英霊の杖】

素材：【人族の大腿骨　星喰熊の右手】
等級：【伝説級】
性能：【魔力増幅　英霊召喚】
詳細：【冥界の神のアーティファクト。魔法威力の増強および、英霊を呼び出す事が出来る。呼び出せる英霊の数は、使用者の魔法技能に依存し、強さは近接戦闘スキルに依存する】

……うーん、なんて使い勝手の悪い杖だ。魔法技能と戦闘スキルの双方が高い存在なんて、この世界ではほとんどいない。はっきり言って、俺以外に見た事がないぞ。アルンでさえ槍術はレベル3、魔法技能はレベル2だし。

って事は俺専用だな。

しかし……素材は人骨かよ……。普段から他の生き物の骨やら鱗やらを素材に使ってるけど、人間となるとあまりいい気はしないな。

手元に残しておくかどうかは、実際に使って確かめてからだな。

取る物は取ったので、城砦からおさらばする。

ポッポちゃんを呼び寄せて、帰り際にもう一度残っていた土砂を流してから帰還した。

天幕に戻ると、アニアとアルンが出迎えてくれた。

ちょうど朝日が昇ったところで、皆もそろそろ起き出す頃だろう。

「アニア、紅茶を入れてくれるか？　アルンは俺と将棋でも指すか？」

「はーい、紅茶なのですね？　一緒にお菓子も食べます？」

「将棋を指すのは構いませんが……戦場の確認をしないで、本当に良いのですか？」

素直に応じてくれたアニアの頭を撫で、心配顔のアルンにはウインクを返す。

紅茶を飲みながらしばらく将棋を指していると、遠くから大勢の驚きの声が聞こえてきた。

明るくなって城壁の状態に気付いたのだろう。

その声に反応して、セシリャが寝床から出てきた。

「んにゃあああ……ゼン殿おはよう……。成功したんだね」

眠そうに欠伸する彼女の頭は、寝癖がついてひどい有様だ。

「セシリャ、頭ボサボサだぞ」

「んっ！　じゃあ生活魔法使ってお水出そうかな！」

寝起きの気怠さから一転して、彼女は急に元気な表情を見せた。

スキルレベルが1になり、魔法が使えるようになったのが楽しく仕方がないらしい。最近では事あるごとに魔法を使っている。

そんな彼女の様子にとても癒された。獣人娘も大変良いものだね。

「ゼン様、今日は本当に休みなのですか？」

アニアがそう言いながら、紅茶のおかわりを注いでくれた。

「あぁ、今日はもう十分だろ。手柄を独り占めするのもまずいからな」

手柄が欲しくない訳ではないのだが、あまりやりすぎると参戦した諸侯が活躍する機会がなくなってしまう。それでは彼らも気分が悪いだろう。城攻めに関する俺の仕事はあれで十分。

エア達が街を攻撃すればすぐに落ちるはずだ。

アルンとの将棋に敗北し、天幕の中でまったりしていると、表がいよいよ騒がしくなってきた。

出陣の準備が整いつつあるのかもしれない。

「主、もう出るみたいだぞ。我も行っていいか……？」

天幕から顔を出して外を見ていたファースが、うずうずした様子で話しかけてきた。

どんだけ戦いたいんだよ……

仕方がない、行かせてやるか。

「ファースこっちに来てくれ。これを貸し出そう。あとは……これも持ってけ」

「ほう、マジックリングと、この槍は……ルーンメタルなのか⁉」

ファースには自身の耐久力を上げるマジックリングと、ルーンメタル製の槍を渡した。

「手柄を立てたら両方あげるから、頑張ってね。ただし、無様(ぶざま)でもいいから、必ず生きて帰ってこい。これは命令だ」

「承知仕(つかまつ)った！」

ファースは気合の入った声を上げて天幕から飛び出していった。

彼なら放っておいても死ぬ事はないだろう。しかし、どこに行くつもりなんだ？　もしかして、一般兵に交ざって戦う気なんじゃ……。まあいいか。

奴隷をこんな風に使って良いのかどうかは分からないが、戦力として買ったのだから良いだろう。

俺は彼の武運とエア達の勝利を願いながら、一日体を休める事にした。


フォルバーグの街を落としたその日の夜。

俺はエアに呼び出され、諸侯も加わった簡単な勝戦祝いの宴に加わる事になった。

天幕の中では、諸侯達が語り合っている。

「いやー、大勝利だったな」

「まあ、あれだけお膳立てされていればな……」

「そう気を落とされるな。貴公の部隊は男爵を討ったというではないか」

「竜人の兵が大暴れしていてな、そのどさくさに紛れての事だ」

「なに、勝ちは勝ち。エリアス様には勝利の神がついておるのだ！」

酒も入って皆さん上機嫌だ。

「それにしても、魔槍殿があれほど若いとは……。エリアス様と同い年だとか？」

「確か彼は、エリアス様と共にダンジョンを攻略したという話ですな。もしやレイコック卿の懐刀なのでは？」

「なるほど、それは羨ましい限りですな」

何人かは大きな声で俺の噂話をしている。丸聞こえなんだけど、やめてくれないかな？

そんな中、何故かずっと俺の隣にいるエアが声をかけてきた。

「ゼンよ、突然色々されては我々も困る。次からは事前に相談してくれないか？」

「かしこまりました、エリアス様」

「本当に分かっているのか？　次は絶対だぞ？」

エアはジトッと目を細めて、疑いの視線を俺に向ける。大勢の人がいる場所でそんな目で見るのはやめてくれ……あらぬ誤解を受けるじゃないか。

エアの視線に耐えきれなくなった俺は、それとなく場所の移動を申し出た。

「あの、お集まりの皆様ともお話されてはいかがですか？　私はもう少し静かな場所で宴を楽しみますので……」

「何を言うんだ、今日の功績や先日行った治療の一件で、私と直接語り合う機会が設けられたのだ。遠慮せずにここで楽しんでくれ」

エアの目は全く笑っていない。どう考えても、俺が嫌がると分かっての仕打ちだろう。

無断で動いた事をまだ怒っているようだ。一応グウィンさんの許可は取っているから、筋は通したと思うんだが……って、そういえば、グウィンさんはどこにいるんだ？

「エリアス様、もうお怒りを鎮めて頂けないでしょうか？」

「ははは、これは面白い事を言う。何も怒ってなどいないぞ？」

怒ってんじゃねえか。笑いながら俺の足を蹴ろうとするのをやめやがれ！

諸侯達がこちらを見てヒソヒソ話している。

「うむ、魔槍殿とエリアス様は随分仲がよろしいようだな」

「彼に対して良からぬ事を考えると、エリアス様のご不興を買いかねないな」

「その前に、魔槍殿に突き殺されるのが落ちでは？」

あの人達、飲みすぎだろ。どう見たら、こんな目で睨んでる奴と仲がいいと思えるんだ……

まあ、そう思われていた方が都合はいいんだが……

エアの愚痴は半分聞き流して、俺は食事を楽しみつつ、諸侯の会話に耳を傾けた。

「そういえば、捕らえた子爵の一人が奇妙な事を言っていたな」

「あぁ、あれか。〝深闇〟？　それとも、〝静かな槍〟でしたかな？」

「初耳ですな。それは一体？」

「私も詳しい事は分からないが、正体不明の暗殺組織らしい。深闇は高度な隠蔽技術を持つ一団で、闇にまぎれて対象を消すと聞いている」

「静かな槍も恐ろしいぞ。こんな話を聞いた。行軍中のある子爵が突如音もなく倒れたかと思うと、その腹には槍が刺さっていたというのだ」

「うむ、敵側兵力が事前情報より少なかったのは、それらの勢力の手で排除されて引き返す羽目になった為らしい」

「そういう話なら儂も聞いたぞ。捕虜にした男爵がひどく怯えていたわ」

「エリアス様は、我々が知らない勢力をお持ちという事か……」

「性質上、闇に属する者達であろう。それを制するとは、我らが王になられる方は頼もしいが、恐ろしくもあるな……」

深闇と静かな槍か……一体何者なんだ……!?

宴会から二時間ほど経つと、ローワン様が席を立って言った。

「今日の勝利で大分余裕が出来たが、戦は最後まで気を抜けない。今日はそろそろお開きにしよう。話は明日、落ち着いて行うものとする」

その声を合図に、諸侯達はエアに頭を下げて退席しはじめた。

その中にメリル君の姿がある。本格的に女装に目覚めたのか、フリルのついたスカートを穿いていた。

本当に恋する乙女のようにエアを見ていたが、もしかしてマジでヤバい関係になるのだろうか？あ、メリル君がこっちを見て手を振っている。あの様子だと完全に俺が攫った犯人だってのはバレてるな。

諸侯の方々が皆退席したので、俺もそれに続こうと席を立つとエアに肩を掴まれた。

「エリアス様、私もそろそろ退室を。可愛い子達が待っているのです」

「もう誰もいないから、普通に喋れ」

「ローワン様がいるんだけど？」

「もういい、疲れた。ローワンさんだけなら、この喋り方で行くぞ」

ローワン様はエアの変貌ぶりに少し驚いたようだが、すぐにとても良い笑顔に変わって、こちらに席を詰めた。

「エリアス様、昔の雰囲気に戻りましたな」

「昔から知ってるローワンさんだから、いいだろ？　皆の前ではしないさ」

「私もその方が嬉しいです」

ローワン様はニコニコしながらエアと話している。

「それで、呼び止めたからには、何か話があるんじゃないか？」

俺が質問すると、エアは今思い出したかのように言った。

「あぁ、そうだ。今後のお前の動きをローワンさんにも聞いてもらおうと思っていたんだ。いい加減、毎回驚かされるのはこりごりだからな」

同行するからには、俺も戦力の一部として数えるつもりだろう。

俺も反対するつもりはないので素直に話す事にする。

とはいえ、今後どうするかはまだ何も考えていない。状況確認をしてからだな。

「話す前に確認したいんだが、今後の戦いはどう動くんだ？」

俺の質問にはローワン様が答えた。

「それは私から話そう。あくまで予定だが、現段階では、この街で一度敵を迎え撃とうと思っている。土砂をどかせば城壁は無傷だからだ。これは明日の諸侯との話し合いで正式に決まるだろう」

確かに相手が攻めてくると分かっているなら、籠城して迎え撃った方が楽だよな。

もし落ちそうになっても、元々エア達の領地という訳でもないから、街を捨てて打って出ればいいだけの話だし。でも、街が使い捨てにされると考えると、なんだか少し悲しい。位置的に見ても、この街はエゼル王国でもかなりの重要拠点だと思うんだけどな。

ローワン様が続けて言った。

「王軍と残りの王子達や敵対諸侯の兵を合わせると、敵方の兵は二万五千に届くだろう。対するこちらは一万一千。正面からは当たれない数だ」

「最初から劣勢なのは知ってましたが、これほどの差があって、何故戦を始めたのですか？　とても勝機があるとは思えないのですが」

挙兵する前は、王都に人質を取られている諸侯も当てにしていたと聞いていた。

結局それらの諸侯は味方にはならなかったのだが、もし彼らが仲間になっていたとしても、兵力の差は埋まらない気がする。

「うむ、それは我々を含めて自省せねばならぬのだが……エリアス様がアーティファクトを手に入れた時点で、熱くなってしまった諸侯を止める事が出来なくなったからだ。王族がダンジョン攻略を果たすなど、初代国王以来だからな。しかし、それ以降に関しては、君のせいでもあるのだぞ？予定よりもはるかに早くこの街を制圧出来てしまったお蔭で、本来合流しているはずの援軍が到着していないのだ」

「それは……」

「ははは、君を責めるのは間違っているな。勝ちがすぎたので、我々もそれに乗ってしまったのだ。むしろ礼を言うべきだった」

ローワン様はそう言って、笑いながら軽く頭を下げた。

「やめてくださいよ……それで、援軍とは？」

「あぁ、この国の最北部に領地を持つ、フラムスティード侯爵が動いている。北からと我々で王都を挟む形で攻めるつもりだったのだ」

なるほど、この国の侯爵クラスなら五千は兵を持っている。それに、国境沿いに領地を持つだけあって、レイコック家同様武闘派なのだろう。

グウィンさんがそんな事を言っていた気がするが、あの時は確定情報じゃなかったんだよな。

「なるほど、大体分かりました。とにかく、こちらはまだまだ劣勢なのですね？」

「そうだな、希望がある点は、我が軍は既に数度の戦いを経験している事だ。向こうは初陣の者も多いだろうから、兵の質はこちらが上と思っていい。あとはこの街だな。ほとんど無傷で手に入れている。誰かのお蔭で楽が出来たが、本来ならば数日を掛けて落とす予定だったからな」

兵力に関しては微妙だが、街に関しては希望を持てそうだ。

本当かどうだか知らないが、攻める側は三倍の兵がいるってのは有名な話だし。

さて、この状況で俺に出来る事は……

俺が悩んでいると、エアがワイングラスを置いて言った。

「さっきから何を考えてるんだ？」

「そりゃ、どうやって敵を減らすかだろ」

俺の言葉に、エアが苦笑いしながら答えた。

「少しは休んでくれていいんだぞ？　お前だけでどれだけの戦力になってるか、分かってるだろ」

「そうは言うが、俺はジニーとの約束を守る為に頑張らなくちゃならないんだよ。あっ、ちゃんとエアの事も考えてるぞ？」

俺がからかい半分にそう言うと、エアは肩を落として深いため息を吐いた。

「はぁ……俺はオマケかよ……」

「ははは、冗談だよ。それはともかく、お前は俺をどう使いたい？　お前が望めば、俺は大抵の事はしてやるぞ。なんならアーネストの首を持ってくるのもいいな。時間を掛ければやれるだろう。それとも千の兵と一人で戦えと言うか？　ちょっとばかり準備をしないと怖くて出来ないが、状況を作ればいけるだろう。俺はもう自分の力を隠す気はないから、いくらでも力を振るってやる」

俺が今真剣に考えている事を明かすと、エアだけでなくローワン様も驚いた顔をした。

「そう言われてもな……」

「ですね。正直、扱いに困りますよ君は……」

そう言われてしまうと、俺も困ってしまう。結局、今度の俺の行動をどうするか、夜が更けるまで話し合う事になってしまった。

◆

話し合いの結果、今の俺が取り得る最善の行動は、やはり遊撃的な動きという結論が出た。

王軍、公爵軍の残党、それに未だ残る敵対諸侯の軍を合わせ、二万を超える敵兵をいかに減らせるか、それがこれからの俺の行動にかかっている。

しかしその前に、まずはこの街の強化を行う。あと十日もすれば、籠城戦が開始されるからだ。まだ議論の最中だが、少なくともエアとローワン様の意向が通らない事はない。

俺は素直に敵がこちらに攻めてくるのか疑問を感じていた。

それを質問すると、この街は王都間近にある要所で、敵としても放置は出来ないので、間違いなく攻めてくるとの事だ。

地図で見れば、確かに喉元にナイフを突き付けられているに等しい。

それにこれだけやられていては、街を取り戻さないと王としての面子が保てないだろう。

上に立つ者が面子を重んじるのはいつの時代も変わらないが、封建制度のこの国では前世以上だろうからな。

さて、俺の大した事のない知識では、このような籠城戦で何を準備すればいいのか、なかなか思いつかなかった。

しかし、頑張って前世の知恵を振り絞り、まずは街の周りに堀を作る事にした。

この街は戦争時の堅牢さよりも普段の利便性を重視している作りなのか、城壁の周りには畑が広がっているだけなのだ。

先日の土砂集めの事もあり、土木作業は慣れたもので、前回参加した捕虜達や兵達が多くやってきた。

食べ物というエサに見事に釣られてくれたみたいだ。

彼ら以外にも、援軍として今日到着したリッケンバッカー家の兵達が汗水垂らして頑張ってくれた。

先の戦いに遅れて参加出来なかったので、せめてもの詫(わ)びとの事だ。

リッケンバッカー家といえば、俺が王都から助け出したグレンダとパトリックの家だ。

自分の働きによって、こうして諸侯の一人が動いた事に、胸が熱くなった。

それにしても、直接礼を言いたいとやってきたリッケンバッカー伯爵は困った人だった。

悪い人ではないのだ。逆にいい人すぎてヤバかった。いや、それも違うか……

なんというか、とても豪快な人で、礼だと言って部下の女性を俺に当てがおうとしてきたのだ。

流石、貴族は常識が違う。

せっかくだからお受けしたいところだったが、俺は血の涙を流してこれを拒否した。だって、アニアさんが怖いんだ……

それはそれとして、土木作業以外では籠城で一番の懸念である食糧の問題を解決した。

マジックボックスに入っていた食糧の半分を城砦の食糧庫に移したので、俺がいなくても当分は保(も)つだろう。

俺に出来る事はこれくらいだ。あとはエア達が頑張ってくれる事を期待して、俺は最後の仕事を行うべく、ポッポちゃんと一緒にフォルバーグの街から飛び立ったのだった。

◆

「そんな話は聞きとうないわ!!」

王座に座る男――エゼル王国国王アーネストは、怒りにまかせて伝令の男にワインの入ったグラスを投げつけた。幸いグラスが当たる事はなかったが、飛び散ったワインが伝令の衣服を汚した。

アーネストの最も近くに控えている老人が、諭すように言った。

「陛下、落ち着きなされ。その者を叱咤しても意味はありません」

「貴様は矢面に立たないから、そんな事が言えるのだ！」

「我々は兵を持ちませぬ。戦おうにも無理というものです」

荒れるアーネストに臆する事なく会話をする老人は、エゼル王国の宰相リシャールだ。

エルフである彼は、この国で長く宰相として貢献してきた。ローブから覗く枯れ木のような体から、かなり高齢である事が窺える。だが、その立ち居振舞いから弱々しさは感じられなかった。

「フォルバーグが落ちたのだぞ！　息子も捕らえられたと聞く！　すぐに助ける必要があるのだ！」

アーネストは怒りと苛立ちを周囲にぶちまける。

臣下達はただ黙って下を向いて、嵐が過ぎるのを待つしかなかった。

そんな中、王座の間にいる事を許された数少ない人物の一人である、将軍キーンが一歩前に出た。

「陛下、私も前線に赴く事をお許しください」

「……ここの守りはどうするのだ」

「相手は同数以上の戦いで勝利を収めています。ここは全軍をもって、反乱軍を叩き潰すべきです」

「北が動く可能性もあるぞ」

「その動きは既に捉えておりますが、まだ時間に余裕がございます。挟撃を避ける為にも、まずはこちらから打って出て、片方に壊滅的被害を与えるのです！」

国王アーネストの三女を娶（めと）ったこの男は、総大将として王軍を指揮する立場にある。武と智を兼ね備えた優秀な男だが、実戦経験に乏しいとアーネストは評価していた。

アーネストが悩んでいると、この部屋にいる唯一の女性が素早くアーネストの前で膝を突いた。

「私も行かせてください、陛下！」

そう言った彼女の表情には険しく、怒りに満ちた必死さがあった。

「……シミオンよ、お前は仇討ちがしたいのか？」

「っ！　もちろんでございます！　彼がっ！　マドックが私に何も言わずに消えるはずはありません！　陛下に矛を向けたエリアスなどという小僧が、汚い手段で彼を陥（おとしい）れたのです！」

彼女の言うマドックとは、エゼル三天の一人である氷天の事だ。

突如姿を消した彼がもはや生きていないだろうという事は、既に周知の事実になっていた。彼ほど自己顕示（じこけんじ）欲の強い男が、戦争という大舞台に姿を現わさないとは考えられないからだ。

その他にも、王都から侯爵家と伯爵家の令嬢が連れ去られる事件が起きており、その現場で氷天らしき声を聞いたという証言もあった。だが、氷天はそれから忽然（こつぜん）と姿を消している。状況を考えれば答えは自（おの）ずと導き出される。

ただ不可解なのは、氷天を倒したというのに誰も名乗り出る者がいない事だ。彼が持っていたアーティファクトが表に出てきていないという点も、多くの者を不思議がらせた。

「キーンよ、息子達の兵と合わせると、総数はどれほどになる？」

「二万五千は超えるかと」

「うむ……。反乱軍の総数は？」

「フォルバーグに篭もっているのは一万程度だと考えられますが、諸侯の裏切りを考慮すると、そこから五千は上乗せされるでしょう」

キーンの説明を聞き、アーネストは考えた。もし同数の兵を送りこんだとしても、何度も戦いを経験し、勝利の勢いに乗る反乱軍には通用しないだろう。

ならば、将軍の言う通り、ここで全軍をもって当たるのが賢い選択だと結論を出したのだ。

「分かった、出兵を許そう。だが、敗北した時はその首で償ってもらうぞ。竜天も出る事を認める。貴様に与えられた名が、伊達ではない事を示してもらおう」

「はっ！」

「お任せください！」

王の言葉を受けた将軍キーンと竜天シミオンは、颯爽と部屋から退出した。

臣下が去り、王座の間に残ったのがリシャールだけになると、アーネストは奥歯を噛み締めながら言った。

「くっ！　兄の子か……忌々しい。あの時全て殺したと聞いていたのだがな？」

「私に言われましても……。当時はあの混乱の中、自分の身を守るだけで精一杯でしたので」

「貴様もレイコックもフラムスティードもっ！　今は儂が王なんだぞ！　この戦いが終わったら、双方の首を並べて宴を開いてやる」

「……北と南の壁を失えば、この国に災いが起こりますぞ」

「なに、南はシーレッド王国と話をすればいい。なんなら、協力して邪魔なレイコックの首を取ればよいのだ。あとは北の首を適当な者にすげ替えればいいだけだ」

「そう簡単にいくでしょうか？　それに、シーレッド王国は危険でございます……」

「ははは、問題ないわ。先日シーレッドから姫の一人を寄越したいと提案があったではないか。儂は受け入れようと考えている。さすれば両国の関係はより強固なものとなる。常日頃お前がうるさく言っている平和も維持出来るであろう。違うか？」

「……」

宰相リシャールは静かに目を閉じた。その顔にはどこか諦めの色が浮かんでいた。

アーネストが自室に戻っても、彼はしばらくその場に立ち尽くしていた。

「エリアス様が王として相応しい方であれば、いっそ……」

リシャールは自分でも聞き取れないほどの小さな声で、力なくそう呟いたのだった。

◆

フォルバーグの街から出発した俺は、北にある王都周辺へ向かった。攻城戦が始まるまでに、まだ合流が完了していない諸侯や王軍などを狙う為だ。

最近は同行者が多くいたが、ポッポちゃんだけを連れて行動するのは久しぶりだ。

アニア達は置いてきた。彼女らにはグウィンさんの下で工作活動と治安維持の補佐をさせている。

工作活動といっても、スパイのような事をする訳ではない。治療院を開いて戦で負傷した人の手当をするという、平和的な活動だ。

これはエアに対して、フォルバーグの人達の感情が悪い方向に向かわないようにする為である。

アニアが自らやると言い出した事なので、【霊樹の白蛇杖】を貸してセシリャに護衛を頼んだ。

治安維持に関しては、ファースとパティを派遣した。グウィンさんの指示のもとで働いてくれるだろう。

その他にも、マルティナが俺から金を引き出して、とある活動を始めた。

彼女は有力貴族の娘で容姿が良い。いかにもお嬢様然とした、平民とは違う魅力を持っている。

そんな彼女が捕虜達の懐柔（かいじゅう）を提言してきた。一般兵に対しては金、騎士に対しては自分の家柄を利用して話をつけるつもりだそうだ。グウィンさんも悪くないと判断したので、少しは成果が期待出来そうだ。

アルンは、諸侯や騎士達が行う作戦会議や作業などを見たいと言いだした。普段から控えめな性格の彼が、自分からやりたい事を言ってくるとは珍しい。

既にエアから許可が出ていたらしく、俺が承諾すると、事はスムーズに進んだ。

アルンの今後にとって、良い経験になるだろう。最近の成長ぶりには本当に心に熱いものを感じてしまう。

あの子達の事を思うと穏やかな気持ちになるが、胸の内には未だに苛立ちがつかえている。

街を発つ前に見た公爵が原因だ。

捕縛した公爵と話す事になったエアから、同行するかと尋ねられたので、俺はついていった。

案内された天幕には、両手を縄で縛られたフォルバーグ領公爵アラディンがいた。

日頃から贅沢三昧で暴飲暴食を繰り返しているのか、肥満しきった肉体はとても戦が出来るようなものではなく、豚と見間違うほど醜い姿だった。

奴はエアが現れるや口汚く罵り、自分を解放しろだとか、戦いをやり直せなどと、無茶苦茶な要求を言い出した。

エアや彼の父親に対してあまりに汚らしい罵声を浴びせるので、気付いたらナイフを握っていた。

流石の俺も、あれは初めての体験だった。

次に何か言ったら消そうかと、物騒な考えが浮かんだ。だが、そんな思いをしたのは俺だけではなかったらしい。

気が付いたら、ローワン様が驚くほどなめらかな動作で公爵の首に剣を当てていた。

一切の感情を見せず腹の底から吐き出された「黙れ」という短い一言には、俺も背筋が凍る思いをした。親父さん同様に怒らせてはいけない人のリストに入れたよ。

でも、ローワン様の熱い一面と、エアに対する思いが分かり、彼がエアの近くにいれば安心だと思えたのは唯一の収穫だった。

まあ、あんな公爵の事はどうでもいい。さっさと忘れてしまうに限る。

王都からほど近い林に潜んだ俺は、次の標的が来るまで楽しく時間を潰す事にした。いつも俺を運んでくれるポッポちゃんを癒すのだ。

胡坐（あぐら）の上にポッポちゃんを座らせて、頭を撫でながら翼の付け根をもみもみする。

ポッポちゃんは、時折「しゅじ～ん、そこなのよー」と、クルゥッと鳴いて気持ちよさそうだ。

一通りのマッサージを終えたが、まだ敵が現れる気配はない。この時間を利用して、ポッポちゃんに軽い食事を与えよう。

ゴマとアワを交ぜて手の平に載せると、ポッポちゃんは高速でついばみはじめた。その速さは日本の鳩とは比べものにならない。

流石白き空の女王。俺でも頭の動きが残像に見える。

なんだかミシンみたいだな……

食事を終えたら、お遊びタイムだ。ポッポちゃんの目の前に人差し指を差し出すと、クチバシで突こうとするので、俺は指を動かしてそれを避ける。

もう一度指を差し出すと、ポッポちゃんは俺の指から視線を外し関係のない方向を見た。

だが、これは彼女のフェイントだった。ポッポちゃんは俺が反応出来ないほどの凄まじいスピードで首を動かすと、指をパクッと咥（くわ）えた。そして俺の顔を見て「勝ちなのよ！」とクルゥクルゥと機嫌よく鳴く。

数度それを繰り返せば、ポッポちゃんのテンションはうなぎ上りだ。俺の肩に乗っては小さな頭を俺の頬へグリグリと擦りつけてくる。

そんなポッポちゃんの背中を撫でていると、彼女の動きが突然止まった。

ポッポちゃんは、視線を一点に集中している。

顔を覗き込むと、ポッポちゃんは「主人、いっぱいきたのよ！」とクックッ鳴いた。そして俺の肩から飛び上がって近くの木に止まり、林に沿って伸びる道の先を見つめた。

俺もそちらに視線を向けると、目を凝らさないと分からないほどだが、小さな影がこちらに向かって来ている事が分かった。

流石ポッポちゃんだ。視力は俺よりはるかに優れている。あんな可愛いつぶらな瞳なのに、高性能だなんて、ポッポちゃん、すげえ！

やっと標的がきたので、俺はマジックボックスから一本の杖を取り出して、林の中に身を隠す。

ポッポちゃんに指示を伝えると、「はいはい、なのよ！」と、クルゥッと鳴いて返事をくれた。

数頭の馬とウルフ系魔獣に乗った兵が、道に沿ってこちらに向かってきた。

馬はそのまま道を進み、ウルフに乗った兵達は迷いのない動きで道を挟む林の中へと入っていく。

彼らは偵察(ていさつ)部隊だ。

俺の近くを通ったが、隠密スキル全開の俺には気付く事なく素通りした。発見される心配はないと分かっていても、やはり少し緊張するな。

偵察部隊が通りすぎて少しすると、兵の一群が姿を現した。

俺は隠密を展開したまま数歩進み、投擲の射程範囲に道を入れる。

この距離からなら、敵の紋章がよく見えた。間違いなく今回の標的だ。

林に潜んだまま、長い行列を探知スキルで探る。

見ると、歩兵の多くが重そうな荷物を担いでいた。もしかしたら、何かの兵器でも入っているのだろうか？

その荷物を気にしながらも、今回の標的である伯爵を探す。

たいていの場合、こういった行軍中は屈強な兵士が固めている場所に標的がいる。俺が探しているのは、そんな気配の塊だ。

一度はエアから止められた暗殺だが、ローワン様が加わった話し合いで、やはり有効だと判断された。そこで、ある程度対象を絞って行う事に決まった。

エアは苦い顔をしたものの、戦場でやるよりは簡単なのだからと認めさせた。

それにしても、これはまるでベルトコンベアーに載って流れてくる荷物を検査するような作業だ。

そう考えると、ちょっと気分が沈んでくるな……

面倒に思いながらも気を抜く事なくチェックを続けていると、ようやくお目当ての一団が現れた。

少し大型だがなんの変哲もない馬車を、精強な兵が取り囲んでいる。気配の大きさも一般兵士とは異なり、中には騎士の鎧を着ている者もいた。

俺は自分が赤いローブを身につけている事を改めて確認してから、笑顔を模した仮面をつけた。

いつもは黒いローブに表情のない仮面なのだが、味方諸侯が勘違いしている、闇の組織とやらをもう一つ増やしてやろうという訳だ。

別に面白がってやっているという事ではなく、エアやローワン様だけが存在を知っている組織が複数あると思わせた方が、後々諸侯を扱うのに役立ちそうだと思ったのだ。

見えない存在は、敵だけではなく味方にも有効だろうからな。

馬車の中には複数の気配を感じた。これでは槍を投げても、目標に当たるかどうかは運任せになってしまう。だからまずは下準備だ。

俺は【英霊の杖】を胸の前に突き出し、英霊召喚を行う。

杖を握る力を強めると、俺の周りの土が盛り上がり、地面から生えるようにスケルトンが現れた。その数は四十体。強さはかなりのものだ。

一度召喚すると数十分は再召喚出来なくなるが、動けなくなるほど破壊されない限り、スケルトン達は俺の命令に従って動き続ける。簡単な労働が可能な知能があり、対象を指定して戦えと命じれば勝手に動き出す。

その動きは普通のスケルトンとは違う。緩慢(かんまん)さは一切なく、四十体のスケルトンが獣のような俊敏(しゅんびん)さで林を駆けていく。

自分が使役している側だから安心して見ていられるが、死体が高速で走る姿には恐怖を感じる。

馬車の近くにいた兵士が走るスケルトンを発見した。

だが、その兵士が大きな声を出す前に、俺は最初の投擲を行なった。

馬車の後部座席を狙って放たれた鉄の槍は、側面をぶち破ってそのまま内部に貫通した。

襲撃に気付いた兵士達が、混乱しながらも辺りを警戒しはじめた。

俺は気配が強い存在を狙って再度槍を投擲する。二発目の槍を投擲した頃には、馬車周辺でスケルトンと兵士達の戦いが始まった。

突然湧き出たアンデッドに兵達は浮足立っている。大した抵抗もせずに次々とスケルトンの剣に切り伏せられていた。

スケルトンが暴れる中、俺は林の中から槍を投げ続ける。ポッポちゃんも木の上から、狙いすました岩の槍を降らせていた。

一体のスケルトンが俺の命令通り馬車の中へと乗り込もうとしたものの、近くにいた騎士に阻まれた。

俺は防いだ騎士に槍を投擲。邪魔をする騎士や兵士達を何度も排除すると、ついにスケルトン達は馬車の中に突入した。

そしてすぐに複数人の頭部を掴んで出てきた。

その様子を見て、敵兵達は絶望の声を上げている。あの反応だと、間違いなく伯爵はやれたはずだ。

それを見届けた俺は、自ら彼らの前に躍り出て、スケルトン達に撤退の指示を与えた。隠れたままでも命令出来るのだが、この方が敵も俺の存在を認識しやすいだろう。

それにしても、なかなか使い勝手の良いアーティファクトだ。

単純な戦闘能力でいえば、四十体のスケルトンで十人ほどの騎士に匹敵する。それを使い捨てに出来るのだ。俺でもいきなり襲われたら手を焼くかもしれない。

　これならスケルトンを突っ込ませて、俺は安全な位置から投擲が出来る。なんなら追加でファイアエレメンタルを使ってもいい。逃走に関してはポッポちゃんがいる。

　盤石(ばんじゃく)の態勢が出来上がりつつあって嬉しい半面、敵の事を思うと可哀そうで、なんとも言えない気分になってしまった。


　その後も数度にわたって、敵本陣に合流しようとする諸侯の軍を襲撃した。

　だがおかしな事に、兵士を率いる貴族を討ち取っても、兵が引き返す事がなくなった。

　それなら食糧を狙ってみようと思ったのだが、輸送隊というべきものが存在しない。

　どうやら度重なる食糧強奪を受けて対策をしたらしく、兵士一人一人が自分の食糧を持ち運んでいるようだ。

　まあ、流石に敵もバカじゃない。同じ事を繰り返していれば当たり前か。

　それからというもの、襲撃しても大して敵兵は減らないし、食糧も奪えないという状態が続いた。

　一度はフォルバーグへ帰ろうかと思ったが、それも癪(しゃく)なので、その場に留まって違う作戦を試みた。

　敵本陣近くに潜伏した俺は、主に敵兵が寝静まった夜を中心に、スケルトンとファイアエレメンタルを召喚して襲わせた。

　しかし最初は良かったのだが、二日目からは騎乗部隊や飛行部隊が高速で駆けつけて対処するようになり、思っていたよりも効果が薄くなってしまったのだ。

それでも一度の襲撃で数十人は減らせるので、そのまま続ける事にした。

その甲斐あってというべきか、四日目の昼に大物が釣れた。

襲撃後、ポッポちゃんに掴まって逃げている最中の事だ。

後ろから近付いてくる気配を感じて振り返ってみると、そこには俺と同じように鳥に掴まって空を飛ぶ存在がいた。これには流石に驚いた。

全力を出せば簡単に振り切れる速度だったが、気配の大きさからしてただ者ではないと分かったので、ポッポちゃんに加減をしてもらい、ある程度追跡させてから地面に降りた。

ほどなくすると、四枚の翼を持つ鳥二羽に掴まったそいつは、華麗に地面に降り立った。

「まったく、ちょこまかと逃げ回って……。私から逃げられると思ったのかしら？　さて、捕まえたからには、あの襲撃をどうやったのか吐いてもらうわよ。素直に全部話せば、苦しまないように殺してあげる」

露出の多い黒い革鎧を身につけた赤い髪の女が、気怠げに言った。

俺はひと目でそいつが話に聞いていた竜天シミオンだと分かった。

記憶ではパティと同年代の二十代後半だったはずだが、竜天の方が歳を取っているように見える。

あぁ、厚化粧のせいか。

俺が何も言わずに佇んでいると、竜天は軽く溜息を吐き、いきなり行動に出た。

「そう……苦しみたいのね。いいわ、やりなさいっ！」

竜天が右手で俺を指差すと、二羽の鳥がこちらに向かって突っ込んできた。

突然の攻撃だが、これには隣でホバリングをしていたポッポちゃんが素早く反応して、稲妻を放って迎撃する。

稲妻を受けた一羽は力を失って落下し、鈍い音を立てて地面にぶつかった。

もう一羽はかろうじて回避したが、軌道が大きく変わった為に攻撃を諦め上空へと昇っていく。

ポッポちゃんがこちらを見たので頷いて合図すると、彼女も上空へと飛んでいき、空中戦が始まった。

「なっ!? 私の子が一撃ですって!?」

片方の鳥を失って驚愕の叫びを上げた竜天は、すぐに上空での戦いに視線を向けた。

「い、一体なんなの、あの属性鳩は!? 稲妻だけでなく、他の魔法も使っている!? 何故二属性を同時にっ!? いえ、属性鳩があんな動きを出来るはずがっ……!?」

驚く竜天の視線の先では、ポッポちゃんによる一方的な攻撃が繰り広げられていた。

流石この国で最高の調教師と呼ばれる竜天だけあって、ポッポちゃんが二属性の魔法を使う事の凄さを理解出来るだけの知識を持っている。

俺もそれほど詳しくは調べられなかったが、大鳩系進化の最終形態は一属性の魔法を使える、属性鳩になるらしい。

岩の槍と稲妻を放てるポッポちゃんは、規格外の存在なのだ。流石、白き空の女王、嵐王鳩（ザ・ストーム）だな。

なんて事を考えている間に、空の戦いに決着がついた。

後ろを取り、一方的に魔法攻撃を加えていたポッポちゃんが稲妻を放つと、四枚羽の鳥が地面に落ちてきた。

　勝利を確信したポッポちゃんが俺の肩に戻ってくる。

　赤いローブがたわんでいたのでずり落ちそうになったが、なんとか爪を立てて姿勢を保ち、白き空の女王の体面を守った。

　きつくこちらを睨む竜天に、少し馬鹿にするように言った。

「もう終わりで良いですか？」

　もちろんこの態度はわざとだ。逃亡するならこのまま死んでもらうが、彼女には切り札を見せてもらいたい。

「ガキの声……？　ふっ、いいわ。その余裕、後悔しなさいっ！」

　竜天がそう言った次の瞬間、彼女の手には銀色のベルが握られていた。

　彼女はニヤリと笑ってそれを鳴らす。

　すると美しい鐘の音が鳴り響き、竜天の目の前の空間が歪みはじめた。

　異状な空間を見つめていると、そこから段々と〝何か〟が現れだした。

　正体はすぐに分かった。ワニを更に凶悪にしたような恐ろしい口元、前方を見据えた瞳は凶暴さと知性を兼ね揃えている。頭部には何本も角を生やし、首は太く逞（たくま）しい。

　そんな存在は、この世界にも二つといない。

　……ドラゴンだ。

　しばらく待っていると、ついにドラゴンはその全身を露わにした。

鱗の色は美しい青色をしており、体型は一般的な四足のドラゴンといえるが、細身だと感じる。以前出会った炎竜と比べると大分小さい。

竜天が何か言うと、ドラゴンが口を大きく開いて咆哮を上げた。

体が震えるほどの音量だ。

だが、この程度の咆哮は炎竜との訓練で何度も経験している。隣で戦闘態勢を取っているポッポちゃんも慣れたもので、クルゥクルゥっと逆に威嚇しているくらいだ。

しかし、そんな事を一切分かっていない竜天は、俺達にいやらしい笑顔を見せた。

「うふふ、属性鳩じゃ竜には勝てないでしょ？　大人しく喋れば、少しは手加減してあげるわよ？」

どうやら竜天は、俺が恐怖で動けないとでも思っているようだ。

ドラゴンが完全に出現するまでの間に、彼女やドラゴンを殺す事は簡単だった。彼女単体に大した力はなく、召喚途中のドラゴンは一切の行動が出来ない様子だったからだ。

実に間の抜けた事だが、俺が狙っていたアーティファクトを、まんまとマジックボックスから取り出してくれたので、感謝しよう。

どうやって終わらせようかと考えていると、ポッポちゃんが、「主人！　あたしがやるのよ！まかせるのよ！」と、クルゥと鳴いた。

ポッポちゃんはやる気満々だな。よし、ドラゴンは任せるか。

「それでは、本当にこの子が勝てないか、やってみますか？」

「……いい度胸ね。その鳩には興味があるから生かしておきたかったけど、仕方ないわ。やりなさい氷竜！」

あのドラゴンは氷竜らしい。氷天に続き、なんだか氷関係が多いな。

けしかけられたドラゴンが、大きな翼を羽ばたかせて空に飛び上がる。ポッポちゃんもそれに応じ、戦いがはじまった。

氷竜は巨体の割にかなり速い。細身の体は伊達ではないという事か。

とはいえ、速度でポッポちゃんに敵うはずもなく、一向に追いつく気配はない。

業を煮やした氷竜は口を開いて、ブレスを吐き出した。

白いレーザーを思わせるブレスが、前を飛ぶポッポちゃんを狙って迫る。

だがポッポちゃんはそれをあざ笑うかのように華麗に避け、ブレスの周りを一周するほどの余裕を見せた。

怒りの唸り声を上げた氷竜が、次の攻撃手段に出る。

氷竜の目の前に突然氷の玉が浮かび上がったかと思うと、次の瞬間にはポッポちゃん目掛けて高速で飛んでいった。おそらく氷系魔法の一種だろうが、流石ドラゴンだけあって弾数が半端ない。

しかも、一つ一つが俺の拳より大きい。

これはポッポちゃんでも全て避けきる事は出来なかった。数発が翼を掠めて、貴重なポッポちゃんの羽が空に舞った。

「ふふふ、このままでは貴方のペットはやられるわよ？　加勢したいならしなさい。無意味でしょうけどね」

竜天が勝ち誇った笑みを浮かべる。

「ははは、あの程度で勝ったつもりか？　俺の可愛いポッポちゃんはこれからだ。ほら、裏を取った」

こいつはポッポちゃんを舐めすぎだ。あんな空飛ぶトカゲなんぞ、ポッポちゃんの敵ではない。

「行け！　ポッポちゃん！」

つい熱くなって声を出してしまう。

その時ちょうど、氷竜の後ろを取ったポッポちゃんが、岩の槍を放ちはじめた。岩の槍は図体のデカい氷竜の背中に命中し、ドスドスと鈍い音を立てる。突き刺さりはしないが、確実にダメージを与えている事は分かる。しかし、致命傷となるには少し威力が足りない。

ポッポちゃんは岩の槍を撃つのをやめ、速度を上げて氷竜に近付く。

距離を縮めると、今度は稲妻を放った。

回避不可能な稲妻が氷竜の尻に直撃すると、氷竜は余程痛かったのか、身悶えて叫び声を上げた。

その後も何発か稲妻が直撃したが、岩の槍同様、致命的な攻撃にはならなかった。流石はドラゴン、タフである。

これは攻撃を当てられない氷竜と、数を撃たないと勝てないポッポちゃんの、長い戦いになりそうだ。

竜天も同じ考えだったのか、先んじて手を打ってきた。彼女は氷竜を自分の近くに呼び寄せると、すれ違い様に支援魔法を掛けた。

なるほど、ペット対決の均衡を打開するにはこういう方法もあるのか。

いいものを見たので、俺も同じように支援魔法を使う事にした。

俺の手には【英霊の杖】が握られている。アーティファクトによる魔法威力増強がある分、支援魔法の効果は上だ。

しかし、支援魔法では身体能力しか上がらない。それではポッポちゃんの魔法の威力は変わらないので、膠着状態を打破するには至らなかった。

ついでに氷竜に『カース』を掛けてみたが、これは抵抗されてしまった。

五分ほどすると、双方共に疲労してきたのか、動きが遅くなってきた。だがそれでもまだ勝負はつきそうにない。

水を差すようで悪いのだが、俺は空を見上げている竜天に一気に近付き、持っていたベルを奪い取った。

「っ⁉　いつの間に！」

竜天は腰に帯びていた剣を抜いて、素早く背後の俺に切りかかってきたのだが、その剣筋はマルティナと大して変わらない低レベルな動きだった。

俺はマジックボックスから取り出した【アイスブリンガー】でそれを迎え撃つ。

竜天が使っている剣は安物には見えなかったが、アーティファクトと打ち合って耐えられるはずはなく、綺麗に中ほどから折れてしまった。

しかし、竜天は破壊された自分の剣には目もくれず、ただ目を見開いて【アイスブリンガー】を見つめていた。

「アイスブリンガーを、何故……」

同じ三天だから、ひと目で分かったのだろう。その表情が徐々に鬼気迫るものへ変わりはじめた。

「なんであんたがそれを持ってるのよっ‼」

突然の絶叫。

少し驚いたが、俺はそれをおくびにも出さずに言った。

「さあ、答える必要はないだろ。まあ、前の持ち主はもういないって事だけは教えてやる」

俺の話を聞いても、竜天は自分のアーティファクトが奪われた事などお構いなく、【アイスブリンガー】に見入っている。

もしかしたら、氷天と竜天はいい仲だったのかもしれない。それは気の毒だが、だからといって戦いになっている以上、そんな事などなんの関係もないだろう。

早くしないとポッポちゃんが疲れて可哀そうだ。俺は奪い取ったベルを鑑定した。

名称：【草原の鐘】
素材：【銀　ムーンストーン】
等級：【伝説級】
性能：【支配獣召喚　調教スキルレベル＋1】
詳細：【牧羊の神のアーティファクト。所有者の支配獣を一体召喚出来る。また、鐘の所有者の

【スキル（調教）を強化する】


竜天がその名を轟かせる事が出来た理由である【草原の鐘】は、可愛らしい細工が施された銀色のハンドベルのアーティファクトだ。

思っていた以上に便利そうな効果で、わざわざ竜天を挑発して取り出させた甲斐があったというものだ。マジックボックスに収納されたままで竜天を殺していたら、二度と手に入らなくなる可能性があったからな。

早速俺は【草原の鐘】を使ってみる事にした。

指先を軽く傷つけ、ベルの中央に嵌められているムーンストーンに触れる。

所有者になるには、出血した状態でこのムーンストーンに触れる必要がある。マジックボックスの所有者登録と同じ手順だ。

「あっ……」

竜天の間抜けな声が聞こえた。余程頭に血が上っていたのか、竜天は今まで俺が何をするつもりだったか気付いていなかったのだ。

「そ、それをしたら氷竜が暴走するわ!?」

竜天が突然慌てはじめた。なるほど【草原の鐘】で調教スキルを底上げして、やっと氷竜を支配下においていたのか。

ベルから竜天に視線を移すと、彼女は今にも泣きそうな表情に変わっていた。

その時、こちらに接近する気配に気付き上空を見ると、氷竜が俺達に向かって飛んできた。

「ひっ！　た、助けて！」

竜天は懇願(こんがん)するが、俺にその気は全くない。敵なのだから当たり前だ。

助ける気がないと分かると、竜天は氷竜に向かって『ファイアボール』を放ちはじめた。

だが、その程度の魔法では、氷竜の勢いを止める事は出来ない。竜天は低空飛行で飛んできた氷竜に、腹を横から噛みつかれ、そのまま上空へと連れていかれてしまった。

すぐに大きな悲鳴が聞こえ、空から竜天が降ってくる。落下音は二つ。死体は真っ二つに切断されていた。

空中にいた氷竜が、今度は標的を俺に変えて降りてくる。だがしかし、それはポッポちゃんによって阻まれた。

ポッポちゃんは高速で氷竜に迫ると、横っ腹に稲妻を放ち、おまけとばかりに岩の槍も食らわせた。氷竜がポッポちゃんの方へ気を取られた隙に、俺はマジックボックスから取り出したルーンメタルの槍を投擲した。

槍は氷竜の腹に突き刺った。氷竜は目を見開き俺を睨みつけたが、そのまま力を失って落ちてきた。

ズドンという音と共に、地面を揺らす衝撃が足の裏に伝わってくる。

氷竜に動く気配はないが、探知で感じる気配ではまだ生きている事が分かる。

様子を見る為に戻ってきたポッポちゃんを肩に乗せ、近付いてみると、氷竜は俺を睨みつけてきた。なかなか鋭い視線だ。死の間際（まぎわ）にあってもドラゴンの威厳（いげん）を感じる。

そういえば、俺は竜と話す事が出来るのだと思い出し、話しかけてみる事にした。

「死にたくないなら俺のものになれ。嫌ならすぐに言え、痛みを感じる間もなく逝（い）かせてやる」

氷竜はパチパチと瞬（まばた）きし、少し驚いた様子を見せる。そして、横たえていた体を無理やり起こし、グゥと鳴いて俺へと頭を下げてきた。その瞬間、調教スキルにより、氷竜は俺の支配下へと加わった。

「よし、それじゃあすぐに治してやるから、ちょっと我慢してくれよ」

腹に突き刺さっていた槍を引き抜いて、すぐさま『グレーターヒール』を掛けてやる。

よく見ると体中に傷があり、結局三度の『グレーターヒール』を使って完治させた。

元気を取り戻した氷竜の頭の上にポッポちゃんが飛び乗り、早速新人教育が始まった。

少しして、初めて俺に話しかけてきた氷竜の第一声は「ご主人様、ポッポ姉様、なんなりとご命令ください」だった。

竜を教育する鳩……ポッポちゃん、恐ろしい子！


竜天という大物が狩れたので、俺はエア達のもとへ帰る事にした。

帰路は氷竜の背中に乗る。ポッポちゃんによる空の旅も良いが、これはこれでまた格別だ。ドラゴンの背中に跨り、片手には黒い槍の【テンペスト】、もう片方の手には【魔道士の盾】で盾を作り出すと、気分はドラゴンライダーだ。

実際にやってみて分かったが、結構楽しい。これは日本男児なら絶対にやりたくなるだろうと確信が持てた。

ポッポちゃんと互角に戦えるこの氷竜は、なかなか使えそうな気がする。

速度と攻撃力ではポッポちゃんに敵わないが、タフさは相当なものだった。いや、攻撃力に関してはは相手がポッポちゃんだから当たらなかっただけか。

それに命令にも忠実で、ポッポちゃんとの上下関係も完璧に理解している。まあ、そんな事よりドラゴンってだけで気分がこう……上がるよな。

俺は氷竜に聞いてみた。

「なあ、お前名前は何が良いの？」

竜天はこの氷竜に名前を付けていなかったようなので、今のところ氷竜以外の呼び名がない。いつまでもそう呼ぶのは可哀そうなので、名前を付けてやろうと思った。

だが、自分では思いつかないらしい。

仕方がない、俺が付けるしかない。

氷竜……冷気属性……？　ブリザード……エターナル……フォース……いや、それはだめか。

よし、もう適当でいいか。

冷たいといえば雪……スノー……そのまんまはあれだから……おっ、スノアなんてどうだ？　響きがアニアっぽくて可愛い。

自分にしては良い名前が浮かんだと思う。氷竜に聞いてみると「私のような者に名前など……。

恐悦至極！」と、グゥっと鳴いた。元からこんな喋り方なのか、それともポッポちゃんが教育したからなのか分からないが、とにかく喜んでくれたみたいだ。

あっ、ポッポちゃんがこっち見てドヤッてる。もしやこれは、教育のお陰なの!?

スノアに乗ってフォルバーグに帰ると、竜が飛来して驚いたのか、城壁上の見張りが大慌てしはじめた。

仕方がないので、街の大分手前で着地して、歩いて向かう事にする。

ポッポちゃんとスノアを連れて歩いていると、飛行部隊のおっさんが近付いてくるのが見えた。

だが、おっかなびっくりの様子で、やたらと遠くから「魔槍殿ですよね……？」と、尋ねてきた。

その名前、もう完全に浸透してるんだな……と、ちょっと恥ずかしくなってしまったが、考えてみたら二つ名は男のロマン。まあ、そこまで悪くはないかと思い、深く頷いて応じる。

確認が取れると、飛行部隊のおっさんはすぐに引き返して、街に知らせに行ってくれた。

やがて、正門が開かれた。どうやらスノアごと街に入れという事らしい。

城壁の上にはエアとアルンの姿が見える。

手を振ってみせると、アルンは笑顔で返してくれたが、エアは呆れた顔をしてこっちを見ていた。

あの顔が見られたなら、頑張った甲斐があったな。

さて、まだ敵さんは来てないし、一休みしたらもう一手打つか。

◆

城壁の上から見渡すと、街を取り囲もうとしている敵兵の姿が見えた。

一人一人は大した脅威ではない相手でも、取り囲まれると結構な威圧感を受けてしまう。

王軍、公爵軍、諸侯の軍と色々いるのだが、指揮系統はしっかりとしているみたいで、綺麗な陣形を組みはじめている。

「うーむ……これは……」

隣に立つファースの顔が険しい。戦好きな彼でも、倍近い数の相手だと、楽しむだけって訳にはいかないか。

向こうは二万四千、こちらは以前よりも増えて一万五千。二倍には届かない。

城攻めには三倍の兵がいるって話を信じるとしたら、もう少し余裕を持ってもいいんじゃないかな。

こちらの兵が増えたのは、リッケンバッカー伯爵の兵と、捕虜となった敵諸侯の兵達が味方に加わったからだ。

捕虜達の説得にはエアとマルティナが頑張った。エアは主に平民を、マルティナは主に騎士連中を相手に走り回っていて、若い二人の懸命な姿は、人々の心を動かした。

……というのは表向きの話で、裏ではお歴々が懐柔に動いていた。平民には金を、騎士や貴族には今後の保証をする事で味方につけたのだ。諸侯の方々が二人を見守りつつ、裏で工作をしている姿を見た時はちょっと面白かった。完全に子供や孫を見る目だったからな。

「主、敵は粗方配置が済んだようだぞ」

エアから貰ったマントをはためかせながら眼下の敵兵を見ていると、ファースが声を掛けてきた。

「よし、皆さん、練習通りいきましょう。あのラインを越えたら攻撃開始です」

「おぉ！」

俺の声に六十人の魔法兵達が応えた。

城壁の縁に止まって敵を見つめていたポッポちゃんも、ピョンと跳び上がって「おうなのよ！」と元気にクルゥッと応えてくれた。

竜天を討ち取って街に帰ってきた俺は、もうひと頑張りすべく、とある魔法のスクロールを提供した。最初はその魔法の説明だけで後は任せるつもりだったのだが、エアの一声で彼らの指揮を任される事になったのだ。

ただ、俺は指揮をするよりも、自ら戦っていた方が役に立つ事は分かっていたので、結局ファースに任せる事にした。魔法は専門外の彼だが、少なくとも兵を率いる事に関してはずぶの素人の俺と比べれば百倍上手いだろう。

「ファース、最初の掛け声だけは俺がするけど、後の指揮は任せるからな。敵がここに上がる事はないと思うが、万が一の時はその槍で働いてくれよ」

「応ッ！」

ファースは俺が与えたルーンメタルの槍を掲げた。

ほどなくすると、軍の配置を終えた敵の騎兵が一騎こちらに向かってきた。

正門に向かって大声を出して何か言っている。対してこちらも、騎士が返答した。

「ファース、何あれ？」

「うむ、降伏勧告ではないか？」

なるほど。という事は、それが決裂して騎兵が下がったところで戦いがはじまるのか。

敵騎兵が下がっていくと、案の定魔法兵の一人が叫んだ。

「敵が動きました！」

目をやると、敵陣のカタパルトが動き出したのが見えた。

「やはり最初は攻城兵器からだよな。んーと、おっ、ローワン様は対応してるな」

俺の担当は城壁北側の真ん中にある正門の左側だ。正門の反対側にはエアやローワン様が見える。

そこにはグウィンさんの姿もあり、隣にはちゃっかりアルンが陣取っている。

アルンは既に【天水の杖(てんすい)】で水の塊を浮かせている。いつ何が飛んできても対応出来るように備えているんだろう。実に彼らしい。

そう考えると、アルンがあの位置にいるのは良い事だ。大抵の弓や魔法は【天水の杖】で作り出す水の壁で防げるので、エアの護衛として申し分ない。

それに、エアの近くは安全な位置だし、いざとなったらエアと一緒に回収出来るから都合が良い。

敵のカタパルトが攻撃を開始するよりも早く、こちらの攻撃がはじまった。

城壁の上に運んだカタパルトとバリスタが、ガコンッと音を響かせて敵陣に岩と槍を降らせる。

これらの兵器はアルンとアニアがマジックボックスを使って城壁の上に運んだものだ。

氷天と竜天が持っていたマジックボックスは、大体コンテナ一台分の容量がある高性能な物だった。もう誰も中身にはアクセスが出来ないだろうと判断したので、二人に渡して初期化した。これが輸送の役に立ったのである。

もともとアルン達が使っていたマジックボックスが余ったので、ファースとパティに貸し出したところ、二人は相当喜んでくれた。やはりマジックボックスを持つ事は結構なステータスなんだな。

兵器による攻撃が次々と開始される。この戦場で俺に次ぐ攻撃距離を持っているのは、カタパルトやバリスタなどの攻城兵器だ。

エア軍が配備しているそれらの兵器は、城壁の高さ分飛距離が増している。なおかつ、豊かな木々の恩恵を大きく受けて生きている樹国セフィ製であり、性能では明らかに敵方の物を上回っていた。

「おぉ、敵の兵器が次々と！」

「工兵も逃げてしまっているぞ！」

魔法兵達は破壊されていく敵の兵器を見て喜びの声を上げている。

だがその時、まだ残っている敵のカタパルトから放たれた岩が一つ、こちらに向かって飛んできた。

「避けろっ！」

「キャアアアア」

魔法兵達の声が響く中、俺はとっさに【魔道士の盾】の障壁を展開し、向かってくる岩に向かって叩きつけた。

ガツンと衝撃が腕に伝わる。押し込まれ、これは流石に怪我をしたかと思ったが、次の瞬間、岩は横方向に飛んでいった。ポッポちゃんが風魔法で弾き飛ばしてくれたみたいだ。

ポッポちゃんは「主人大丈夫なの!?」と、クッ！　っと鳴き、羽をパタパタさせている。

手を上げて応じてやると、俺が無傷だと分かって、ポッポちゃんは嬉しそうにクルゥっと鳴いた。

「あ、ありがとうございます！」

岩が当たりそうで転んでいたお姉ちゃんが礼を言った。俺はここぞとばかりに格好をつけて、それに応えてみる。

「お怪我はありませんか？　お姉さんの美しい顔に傷が付かなくてよかったですよ」

そう言うと、お姉ちゃんの顔が見る見る赤くなってきた。うーん、やはりこの世界は強いってだけでもかなりモテるっぽいな。

倒れていたお姉ちゃんを起こして元の場所に戻ると、ファースが笑いながら口を開いた。

「ははは、主は色男だな！」

確かにあのお姉さんの好感度は爆上げっぽい。でも、いくら上げても手は出さないのだから意味はないよな。

そんな場違いなやり取りをしている間にも戦況は動いていた。

俺は改めて魔法兵達に声をかける。

「いいですか、あのラインを越えたところで、攻撃開始です！」

城壁の周りには浅い堀で目印を引いてある。これは弓の射程や魔法の射程などの目安を兼ねていて、他の方角を守る指揮官達からも分かりやすいと好評だった。

今まさに、そのラインを敵が越えようとしている。先頭の歩兵が一歩内側に足を踏み入れた時、俺は声を上げた。

「魔法発動開始！　ＭＰが切れるまで攻撃！」

俺の合図で魔法兵達が二人一組で向き合い、魔法を発動した。彼らの突き出した両手の前で、風が小さな渦（うず）となって高速回転をはじめる。向き合った二人が目に見える風の回転を維持したまま、触れるか触れないかまで近付けると、更にもう一人の魔法兵が回転する風の上に手をかざして魔法を発動した。

その魔法兵の手から拳大の岩が生み出される。岩は回転する風の間に落ちると、物凄い速度で城壁の外へと撃ち出された。

直射で放たれた岩は一切速度を落とす事なく敵兵に直撃した。運よく気付いて盾を構えた敵兵は助かったが、それ以外の者はまともに岩を受けて吹き飛んだ。着ていた鎧がひしゃげるだけでなく、中には四肢（しし）を飛ばされた者や、頭部に岩を受けて脳漿（のうしょう）を周りに撒き散らしている者もいる。

あまりの光景に、ファースが驚嘆（きょうたん）の呟きを漏らした。

「主……これは凄まじいな……」

「あぁ、俺も驚いてるよ……」

俺も思わずそう口に出した。ある程度の実験はしたが、実際の人間に使うのはこれが初めてだったからだ。

この連携に必要な魔法は、俺が攻城戦を見越して独自に開発したものだ。

エアから戦争の事を打ち明けられた際、参加する気満々だった俺は、この魔法の実用化に数ヵ月を費やした。

この魔法はピッチングマシーンに着想を得ていて、回転する二つの車輪を風魔法で代用出来ないかと考えた結果、出来上がった。

最初はもっと複雑な事を考え、銃のような仕組みで撃ち出す方法を検討していたのだが、魔法だけではどうしても無理があった。

しかし、弾を撃ち出すだけなら別の方法もあると思って試してみた結果、なかなかの威力を持つ魔法が完成したのだ。

使う魔法が出来上がれば後は簡単で、他の人が習得出来るように、錬金スキルでスクロールを作れば良い。

使っている魔法は両方とも、魔法技能レベル2の魔法だ。本来レベル2であればここまで威力のある魔法攻撃は出来ない。三人の力を合わせたから可能になったのだ。

単純計算でレベル6相当の威力とはならないのだろうが、成果は上々だ。

辺りを見回しても俺達の担当する場所だけは、一兵たりとも敵が近付けていない。

しかし、段々とこちらの魔法兵達のＭＰが切れてきた。岩の塊を出す魔法はともかく、風魔法は常に発動し続けているので、燃費がかなり悪いからだ。

それでも、良い威嚇にはなっただろう。

俺達の攻撃が幾分勢いを失ったところで、周りの指揮官達が声を上げはじめた。

「弓兵用意ッ！」

「弓だ！　エリアス様の力を受け次第、射程に入ったら攻撃をしろ！」

指揮官達が叫んだ次の瞬間、俺達を光が包み込んだ。エアの持つ【扶翼の盾】の効果が俺達に降り注ぎ、力の増強を感じた。この効果はポッポちゃんにも適応されている。ポッポちゃんは漲る力を示すかのように、城壁の縁でピョンピョンと飛び跳ねた。

盾の効果が行き渡り、城壁に上がっていた弓兵達が次々と矢を放ちはじめる。射程は断然こちらの方が長いので、相手は全く反撃出来ないようだった。

俺もそろそろ仕事をしよう。自分に支援魔法を掛け、マジックボックスから取り出した青銅の槍をお見舞いすべく、出来るだけ身分の高そうな奴を探しだす。

まず見つけたのは、派手な全身鎧を身につけた男だ。フルプレートに弓矢は効かず、ドスンドスンとこちらまで聞こえるような足取りで城壁に近付いてきている。まあ、辿り着いたところで梯子も持っていないので、何が出来るという訳でもあるまい。

まずは一発投擲だ。

全身をバネみたいに使い、槍を投げる。

青銅の槍は弾丸のような速度で男に迫り、派手な鎧を突き破って男の命を一撃で刈り取った。

ＭＰを回復させる為に座っていた魔法兵が、俺の投擲に驚きの声を上げる。

「投擲って、これほどのものになるのか⁉」

「魔槍の名は伊達じゃないな……」

投擲スキル自体は結構メジャーだが、極めるに至っている人物が少ない故の感想だろう。

遠距離攻撃は俺が最も得意とするところだ。敵が遠くにいる今のうちに、どんどん投げていく。

俺の動きを見ていたポッポちゃんが「あたしも、いくのよ！」と、こちらを見てクルゥクルゥ鳴いている。出番はまだだと告げると、ちょっとショボンとしてしまった。

可哀そうなので一発ずつなら岩の槍を撃っていいよと許可を出す。

すると彼女は一生懸命遠くの敵に狙いを定めて、丁寧に狙撃を開始した。……距離はあるけど結構当てるね。

俺も負けてはいられない。【英霊の杖】を取り出してスケルトン召喚をしよう。

城壁の上に呼び出したスケルトン達が、俺の命令に従って迷いなく城壁から飛び降りる。

地面に激突したものの、よろめきながら立ち上がって敵へと突撃をはじめた。

この杖は一度使うとしばらくクールダウンが必要だ。再び使えるようになるまで、投擲する事にした。

こんな感じの遠距離戦が半日ほど続いた。

戦況的にはそれほど変化はなく、終始こちら側が敵を寄せつけない展開だった。エアの盾の力がかなり効いていたように思える。

敵も来なくなったので、今日はもう休もうと街の空き地に設置された天幕に戻ろうとすると、グウィンさんからお呼びが掛かった。

連れて行かれた先は、諸侯が集まる作戦会議の場だった。

「今日はご苦労。それほど被害もなく初日を終える事が出来た」

エアが立ち上がり、この場にいる皆に労いの言葉を掛けた。

続いて、傍らに控えていた騎士から戦況の報告が上がる。

それが終わると、ローワン様から明日の作戦が告げられた。

「今日の夕刻、シドウェル侯爵の旗が南側に掲げられた。状況的に考えて、援軍だろう。だが、街を取り囲む敵の数が多すぎて近付けないようだ。よって、明日は南門から兵を出して、援軍を街に受け入れる為の道を開こうと思っている」

おぉ、人質になっているところを俺が助けたカイリーちゃんの家が駆け付けてくれたのか。

「道を開くに当たり、我がレイコック家の兵と騎士達を使う。指揮はアーロン騎士団長に任せるが、異論がある者は？　……ないようであれば、明日の昼にこの作戦を実行する」

作戦が決まると、諸侯は明日に備えて早々に退席しはじめた。

そのまま椅子に座って待っていると、エアから声がかかった。

「ゼン、明日の事で話がある」

わざわざこの場に呼び出されたんだから、何かある事は分かっていた。

「明日は騎士団長のアーロンが外に出る兵の指揮を執るが、ゼンもそれに加わってもらいたい」

エアがそう言うと、彼の後方で控えていた男が一歩前に出て言った。

「以前一度顔を合わせたが、改めて名乗ろう。アーロンだ。明日は私が指揮を執るが、君は自由に動いてもらいたい。その方が良いのだろ？」

見覚えのある人だと思ったら、公爵軍相手に暴れ回った時に、戦いは終わったと声をかけてくれた人だった。なんとなく偉い人ではないかと思っていたが、まさか騎士団長だったとは。

自由と言われると困ったが、俺に求められる事は簡単だ。

「先陣切って突破すればいいのですか？」

俺がそう言うと、騎士団長は穏やかな笑みを浮かべて言った。

「ふはは、冗談を言っているのではないのだな。いいだろう、君を先頭に街から出るのも面白いな」

俺の役割は決まったらしい。難しい動きもなさそうなので、問題ない。


翌日、俺は街に篭もっている数千の兵の先頭に立って、南門の内側で待機していた。

今、俺は一人だ。

ファースには魔法兵達の指揮を任せ、ポッポちゃんはアルンのもとへと送っている。敵側の飛行部隊がまだ出てきていないので、その対応をさせる為だ。

アルンが指差した相手を倒せ――それだけの簡単な指示だが、ポッポちゃんなら臨機応変に対応してくれるだろう。

まあ、今までの事を考えれば、ポッポちゃんが敵に後れを取る事はない。何せドラゴンと互角に戦う鳩だ。存在としてのスペックが違うのだよ。

それはさておき、そろそろ用意をはじめよう。

今日の戦いは既にはじまっており、門の向こうからは、激しく何かがぶつかり合う音と、悲鳴や怒号が響き渡っている。

俺はまず、【英霊の杖】と【草原の鐘】を取り出した。

先に【草原の鐘】を振ると、澄んだ鐘の音が響く。目の前の空間が揺らぎはじめ、そこから氷竜スノアが現れた。

スノアはドラゴンとしては小柄だが、それでも大人を五、六人は背中に乗せられるほど大きい。

そんなドラゴンが突然現れた事に、後ろの味方から驚きの声が上がった。

スノアが俺に頭を下げて挨拶をする。軽く頭を撫でてやると、グゥッと鳴いて「ご命令を」と、忠誠を示した。

「門が開いたら打って出る。もう分かっているだろうが、外は敵だらけだ。お前の好きに敵を倒せ。それまでは俺の隣で待機だ」

スノアはグゥと一度鳴き、その場に腰を下ろして、長い尻尾を俺の背後に回した。

ほどなくして、後方の味方達が騒がしくなりはじめた。

「ゼン殿、そろそろ出陣との事です！　ご武運を！」

騎士の声が聞こえ、すぐに開門作業がはじまった。

閂が外された門がゆっくりと開きはじめ、それに応じて外の戦いの声が大きくなる。

「行くぞスノア。まずは一発お見舞いしてやれ」

俺の言葉でスノアが体を起こす。

門は既に半分近く開かれており、こちらに向かって突撃をはじめた敵兵が見える。

スノアは軽い足取りで門に近付くと、開かれつつある門から顔だけを出して大きく口を開いた。

「撃て」

俺が短くそう言うと、スノアの口内が青白く光りだす。そして、そのままほとんど事前動作もなくブレスを放った。

白いレーザービームに見える冷気のブレスが、射線上にいた敵兵を一撃で吹き飛ばす。射程のやや遠方にいた敵兵は、ブレスの衝撃には耐えたが、その体は氷に覆われて、二度と動く事はなかった。

スノアが放つブレスは直線状だが、首を曲げて薙ぎ払うように動かせば広範囲に広がる。門に殺到していた多くの敵兵が体を凍らされて吹き飛んでいった。

やはり当たると威力は凄まじい。俺もいつかこんな魔法を使ってみたいと思ってしまった。

ブレスを撃ち終わったスノアは門の外へ出ると、そこで翼を大きく羽ばたかせて高く飛び上がった。

スノアはそこから一気に下降して、地面スレスレを滑空しながら敵兵を食い荒らす。敵兵はこれに対処する方法を持たず、一方的な蹂躙がはじまった。

スノアに負けていられないな。そろそろ俺も動き出そう。

左手に持った【英霊の杖】を前方に掲げ、スケルトンを召喚する。

「行け。俺の敵を打ち倒せ」

スケルトンは剣を構え駆け出した。その動きは人というよりも獣じみたものだ。

一連の動作の中、後方から味方の大きなどよめきの声が聞こえてくる。

思わず後ろを振り返ると、アーロンさんまで驚いていた。

事前に俺が何をするかは教えておいたのになあ。

俺と視線が合ったアーロンさんが動揺を咳で誤魔化(ごまか)しながら、周りにいる騎士達に指示を飛ばしはじめた。

ならば俺は、それに先んじて打って出よう。

門から外に出ると、スケルトンが切り開いた道がまっすぐに出来ていた。スノアの攻撃による動揺もあっただろうが、既にかなりの人数を倒しているみたいだ。

だが、いかんせん敵の数が多い。一度はスケルトン相手に押されていたが、敵もようやく盛り返しつつある。数体のスケルトンが消滅させられていた。

状況によっては無類の強さを誇りそうだが、逆に囲まれる展開だと、どうしようもなくなるな。

しかし、それを埋めるかのように、俺の後方からは味方の兵士達が駆けつけてきた。スノアのブレスとスケルトンが切り開いた道を塞がせまいと、熾烈(しれつ)な戦いを繰り広げはじめた。

双方の兵士が戦う中、俺はひたすら投擲を繰り返す。既に数十本の槍を消費し、目の前には一直線の屍を作り上げている。

スノアが二度目のブレスを放つと、更に道が開けた。このまま順調にいけば、援軍を迎え入れる突破口が出来そうだ。

段々と俺の周囲から敵兵が消えはじめた。この動きに何やら意図的なものを感じていると、飛行部隊と馬に騎乗した騎士、そして冒険者達の一団がこちらに向かってきた。

遠巻きに俺の周りを一味違う敵兵が取り囲んだ。

飛行部隊の一人が言った。

「ドラゴンは我が部隊で牽制する！　出来るだけ近付いて、魔法を撃たせるな！」

続いて、騎士の一人が叫んだ。

「貴様らッ！　あれを人だと思うな！　盾兵から離れずに魔法と矢で牽制しろ！」

最後に冒険者の一人が、勇ましさの中に怯えを含んだ表情で口を開いた。

「お前ら！　あれは魔獣だ！　槍を飛ばしてくる魔獣だ！　いつも通りやれば勝てるぞ！」

彼らのあまりの言い様に、俺は思わず固まった。

いつの間に俺は魔獣扱いになってんだよ……

いや、考え事は後だ。今はとにかくやってやるぞ！

俺は少しばかり怒りを込めて、指示を出していた偉そうな騎士に青銅の槍を投擲した。

すると素早く反応した周りの騎士達が、偉そうな騎士に向かって腕を伸ばす。そこにマジックボックスから取り出したと思われる大盾が現れた。

槍はゴォンッと鈍い音を立てて、騎士達数人を弾き飛ばしながら地面に落ちた。

なるほど……俺の攻撃への対策は練ってきたって事か。

偉そうな騎士は俺を見てニヤリと笑うと、大声を上げた。

「行けるぞ！　攻撃開始！」

その直後、俺に向かって数えきれない魔法と弓矢が飛んできた。

だが俺は、余裕をもって【魔道士の盾】で障壁を展開する。攻撃は絶え間なく続いたが、障壁に触れると魔法はエネルギーを失ったかのように掻き消え、矢は小石が当たった程度の衝撃で弾かれた。

「き、効いてないぞ！」

「なんだあの盾は！　まさか、アーティファクトか⁉」

投擲が防がれた事には少々驚いたが、敵もこちらが攻撃を防いだ事で動揺している。

俺はもう一度投擲を試すべく、今度は冒険者達を狙ってみた。だが、またしても同じ手段で弾かれてしまった。

俺の投擲がいくら速くても、投擲前のモーションである程度の軌道は予測出来てしまう。冒険者達もマジックボックスを持つ手練(てだ)れだからか、数人で大盾を重ねて弾いてしまった。

これは由々しき事態だ。

連続で投擲すれば壁は破れるだろうが、周りを取り囲まれているので、前方だけに集中する訳にはいかない。

隙を狙って攻撃が飛んでくる。二度目の投擲後も【魔道士の盾】を使わされた。

う〜ん、俺は少し調子に乗りすぎたようだ。思った以上に簡単に投擲が防がれてしまった。

無理をすれば投擲のみで押し勝つ自信はあるが、ある程度の負傷は覚悟しなくてはならない。この体ならば首に弓矢を受けても一発では死なないとは思うが、怖いからわざわざ試す気にはならない。

うむ……ここは素直に反省して、他の方法を試すとするか。

俺は右手に【アイスブリンガー】を取り出し、左手には再度【魔道士の盾】の障壁を展開した。

やる事は簡単だ。突撃して接近戦に持ち込むのみである。

こんな事ならマルティナからまた【健脚の脚甲】を借りておけばよかった。まあ、もしこの戦に敗れた時は、彼女の逃走に役立つのだから、悪い事ばかりではない。

突撃する前に『ブレス』だけは掛けておく。いつもより体が軽いのは、エアの盾のお蔭だな。

俺が武器を変えたのを見て、相手もそれに対応しようとしている。大盾を持つ騎士達が、横一列に並んで俺を行かせまいと進路を塞ぐ。その姿を見て、ダンジョンで戦ったミノタウロス達を思い出した。

駆け出した俺目がけて敵の魔法や弓矢が飛んでくる。可能な限り【魔道士の盾】で弾いているが、真横からの攻撃を完全に防ぐ事は出来ない。

しかし、弓矢は全て鎧に当たって弾かれ、魔法攻撃は俺の魔法抵抗スキルで防がれた。

走る俺の目前に大盾を構えた騎士が迫る。俺はそれでも足を止めず、大盾に足をかけ、それを踏み台代わりに跳び上がり、彼らの頭上を越えていく。

落下地点には偉そうな騎士がいた。

「クッ！　中に入られたぞ！　剣で殺――っぎゃあああああああ」

偉そうな騎士が最後の言葉を言い終わる前に【アイスブリンガー】で馬ごと切り伏せる。

剣の切れ味は恐ろしく、全く抵抗を感じなかった。

「隊長っ！　貴様ああああああ」

近くにいた騎士が鬼の形相で斬りかかってきた。俺はそれを【魔道士の盾】で受け止め、反撃を加える。

だが、騎士は見事に盾で【アイスブリンガー】を防いだ。なかなか盾術スキルが高そうだな。

「ハッ！　このてい、ど……うわあああ腕があああぁ！」

【アイスブリンガー】を受け止めた騎士の盾が腕ごと凍っていた。俺は絶叫する騎士にもう一太刀(ひとたち)食らわせて黙らせた。

「おいっ！　あれはアイスブリンガーだぞ！」

「やはり氷天様は敗れていたのか!?　魔槍……恐るべし！」

騎士達はようやく俺の持っている武器がなんなのか分かったみたいだ。

それにしても、敵にも魔槍って二つ名が広まってんのかよ……

敵に動揺が走る中、次の相手を選んでいると、上空からスノアの咆哮が聞こえてきた。

なんだと思って上空を見れば、飛行部隊を片付けたスノアが旋回していた。スノアの体をよく見ると、所々から出血している。敵も奮闘したようで数本の槍が突き刺さっていた。

「スノア、降りて来い！」

俺の一声でスノアが俺の隣に降り立った。その体には三本の槍が刺さっている。どれも致命傷ではないが、見ていて痛々しい。だがスノアはそんな事は気にも留めず、俺と対峙する敵をきつく睨みつける。

「スノア、そのまま敵を牽制していろ。すぐに治してやる」

スノアが睨んだだけで、敵の動きは止まった。

俺はその間に急いで槍を抜き、スノアに『グレーターヒール』を掛けてやる。傷は数度の魔法で全て塞がった。痛みが消えたのか、スノアは「ご主人様、感謝いたします」と頭を下げ、グゥと鳴いた。

「気にするな、もうひと頑張り頼むぞ」

そう言いながら体を叩いてやると、スノアはグゥと返事をして空に戻った。さっきから魔法を使い続けているが、まだ余裕はありそうだ。人間とは基礎ステータスが違うみたいだな。

スノアが地上に降りた事で、敵兵達は俺から距離を取ってしまった。仕方がないので、もう一度突撃をして距離を詰めようと思っていると、後方からこちらに迫る気配を感じた。

「行け！　魔槍殿だけに良いところを取られるな！」

「ここで活躍して聖女はもらう！」

大分この場に留まっていたので、後方から味方が追い上げてきたらしい。

これで楽が出来ると思っていると、今度は敵側がいる前方が騒がしくなった。

何事かと思い、探知スキルの範囲を最大に広げると、こちらに向かってくる一団の存在を感じた。

どうやら、こちらの動きにシドウェル侯爵が呼応したようだ。

「後方からも敵だと!? くっ、ここは退くぞ！　急げ！」

「お前ら、逃げるぞ！　各自散れ！」

敵側は大混乱の様相だ。だが、俺の相手をしていた奴らは手練れが多いからか、迷わず逃亡をはじめた。

方々に逃走する敵を追うのは少々厄介だ。あれらへの追撃は後方からやってきた味方に任せて、俺は上空で敵に魔法を放っていたスノアを呼び寄せた。

「スノア！　降りて来い！」

上空でグゥと鳴き声が聞こえてくると、俺のすぐそばにスノアが降りてきた。それなりに長い間戦わせていたので、一度ここで休ませた方が良いだろう。

スノアと共に敵を眺めていると、俺に背を向けて逃げていた敵が突然反転して体をこちらに向けた。次の瞬間、彼らの背後から騎兵の一団が敵を踏み倒しながら現れた。

「敵を逃がすな！　エリアス様に我々の力を示すのだ！」

「シドウェル様に続け！　遅れた者は切り伏せるぞ！」

ついにシドウェル侯爵軍のお出ましだ。明らかに精鋭ぞろいと思われる騎兵の一団が、勢いを止める事なくこちらにまっすぐ向かってくる。その姿は獲物を追い立てる狼のようだ。先頭集団の真ん中にいる、かなりの業物(わざもの)と思しき大剣を持つ男が侯爵だろう。

互いに顔が見える距離になると、俺とスノアを見て怪訝な表情をしているのが分った。

向こうとしたら俺達が敵か味方か判断が付かないのだろう。俺が背中を向けてマントの紋章を見せると、進路を変えて逃げる敵を追っかけていった。うむ、このマント最高。

それから少しして、味方の一般兵が俺達に追い付いた。彼らは俺とスノアを綺麗に避けながら、シドウェル侯爵軍とは別方向の敵を追撃する。

スノアの休憩は十分取れたので、そろそろ俺も再攻撃に移ろうかと思っていると、街の方から鐘の音が聞こえてきた。大きな鐘の音が三回。これは街から兵を出す知らせだ。

街に視線を移すと、ちょうどその時、ポッポちゃんが飛び立った。その周りには味方飛行部隊が並んで飛んでいる。賢いポッポちゃんの事だ、味方が戦う相手を攻撃した方が手っ取り早いと分かったのだろう。まあ、いちいち指示を受けるのが面倒になったからだろうけど。流石ポッポちゃんだ。

街から兵が出たならば、既に敵を追撃する段階に入っているはずだ。

ならば俺の仕事は一応終わっているので、状況を確認する為に一度戻る事にした。

スノアに跨って城壁へ向かう。ドラゴンが味方にいる事は周知済みなので、誰にも攻撃されずに城壁の上に降り立つ事が出来た。

ファースは昨日と同じ場所に配置されおり、すぐにこちらに駆け寄ってきた。

「おぉ、主！　ここからでも活躍は見えていたぞ！」

「その様子だと、そっちも活躍出来たみたいだな。それで、戦況はどうなった？」

「主がいた場所から敵が崩れ、敗走をはじめている。先程の鐘通り、兵達は外に出て追撃しているが、あまりよろしくはないな」

スノアの背中に立って辺りを見渡す。スノアがガッシリと城壁を掴んでいるので安定感抜群だ。見える範囲では味方が門から続々と出て行き、背を向けて逃げる敵兵を追いかけている。

だが、相手も必死な様子で、反撃を受けて被害を受ける部隊もあった。

一部諸侯が率いる軍勢は効率よくやっているみたいだが、それ以外の部隊の成果はどこも芳しくない。

どうしようかと辺りを見回していると、遠方に王軍の旗を掲げ、逃げる味方兵を助けている一団が見えた。馬にも鎧を着せているところを見ると、彼らの身分は高いはずだ。

「おっ、ファース、あれ偉い奴じゃないか？」

「うむ、多分そうだろう」

ファースがうんうんと頷きながら同意した。

敵さんの偉い奴がいるなら狙うべきだ。俺はスノアに跨り、目標に向けて移動するように指示を出す。

空の上から辺りを見下ろすと、敵味方入り乱れ、もはや陣形の体をなしていなかった。まあ、追撃戦に入ったのだから、こんなものか。

敵の上を通りすぎると、下から罵声と共に弓矢が飛んできた。俺の邪魔をする気なら、それ相応の対応をしてやろう。

「スノア、あいつらにお前の力を見せてやれ」

俺の言葉にスノアは咆哮で応えると、口からブレスを吐き出して敵を一掃した。ドラゴンに乗っている奴に喧嘩を売るとどうなるか、これで分かっただろう。

そんな事をしつつ標的に向けて飛んでいると、後方から俺のよく知っている気配が超高速で近付いてきた。俺の相棒、ポッポちゃんだ。

ポッポちゃんはすぐに俺の傍まで来て、「敵どこなの？　主人、敵どこなの？」とクルゥっと鳴いて、指示を待った。

「やる気満々だな、ポッポちゃんは。よし……指示を出すからそいつを攻撃してくれ」

俺が敵に向かって指を差すと、ポッポちゃんはギュンと音がしそうなくらいの加速を見せて敵に迫り、上空から岩の槍を放ちはじめる。そこにスノアの氷魔法が合わさり、その光景はまるで戦闘機が一方的に歩兵を蹂躙しているようだった。

これなら何もせずに見守っていればいいかと思っていると、空で暴れるポッポちゃんとスノアはいい目印になったのか、味方がこちらに集まってきた。

俺はその中に見覚えのある旗を見つけた。

「おっ！　あれは……よし、ポッポちゃん、スノア、こっちに来るあの集団に敵を当てるぞ！」

俺が見つけたのはドライデン家の旗だ。という事は、あそこにメリル君がいる。

俺は彼に手柄を取らせてあげようと、逃げる敵に先回りして、どうにかメリル君の兵と当たるように誘導した。

その甲斐あって、程なくして敵兵はメリル君の兵に呑み込まれた。

「これでいけるな……。ポッポちゃん、メリル君の護衛をしてくれ。分かるでしょ？」

俺の言葉にポッポちゃんは、一瞬誰だよそれ？　みたいな顔で首を傾げる。だが、俺が指を差した方向にいたメリル君の姿が見えたのか、「了解なのよ！」とクゥッと鳴いて飛んでいった。

メリル君は屈強な兵と多数の老兵に囲まれているが、ちょっと心配なので護衛としてポッポちゃんを送った。

だって、こちらを見上げて手を振っていた姿がとても可愛いかったのだから、仕方がない。

そうこうしている間にも、スノアは敵を逃がすまいと魔法で追い込む。簡単な指示だけで敵味方を判断しここまで出来るのは、知能が高いドラゴンだからと言えるだろう。

その後は目標としていた敵の一団を追いかけた。そいつらはスノアに先回りされると逃亡は不可能だと判断したのか、急反転してメリル君がいる方へ向きを変えた。その際全身金色の鎧を身につけた奴が見えたが、あれがこの周辺の指揮官ぽかったな。

少し遠くに見えるメリル君は、胸にポッポちゃんを抱きながら周りの味方を鼓舞している。見た目は子供だが、必死に声を張り上げる姿は立派な領主に見える。

それにしても、メリル君の部下達は凄まじいの一言だ。メリル君が「頑張ってください！」と一声かければ、その何百倍の声が上がるのだ。士気だけならあそこが一番高そうだな。なんだかアイドルのコンサート会場に見えてきたぞ。

この周辺の戦況を見た限り、あとはメリル君の軍が敵を片付けるのを待つだけだ。俺は上空からメリル君を見守っていたが、余程堅い守りをしているのか、危険な様子は全くなかった。

ほどなくして、金の鎧を着ていた指揮官の首が飛び、凄まじい大歓声が沸き起こった。

どうやらあれは敵方の将軍首だったらしい。

それを切っ掛けに、この周辺の戦いは終息した。馬を止めたメリル君がこちらに向かって手を振っている。

俺はそれを見届けて、まだ終わらぬ戦場へと向かったのだった。


戦いから一夜明け、エア軍は一日の休息を取ったのちに、王都グラストラへと進軍を開始した。

もう少し休んだ方が良いという意見もあったのだが、鉄は熱いうちに打てという言葉があるように、士気が高いうちに次の行動を取るべきだと判断が下されたのだ。

あの戦いでは敵の大将首が二つも取れた。

一つはメリル君の軍が取った王軍指揮官キーン将軍のものだ。

二つ目は王の次男であり、王都の北に領地を持つセーファスという奴だ。

彼の首は勇者フリッツが持ってきた。奴が戻ってきた時に俺も会ったのだが、「どうだゼン、大手柄だろ。これは追加報酬出ちゃうよな？」と、俺の前では急にニコニコ顔になり、いつもの演技はどうしたんだと言いたくなるような言葉を吐いていた。

だけど、人の生首を持って笑っている姿には、流石に俺も引いてしまった。長い間、戦いに身を置いていたフリッツは、俺以上にこの手の事は慣れているのだろう。これには年季の違いを感じた。


進軍から数日が経ち、俺達はついに最終目的地だった王都に辿り着いた。

到着したその日から攻城戦の用意をはじめ、今日はその初戦を迎えている。

俺の隣ではエアが王都の城壁を眺めていた。その表情に感傷的な色は一切浮かんでいない。これからはじまる攻城戦に対する若干の緊張が見られるくらいだ。まあ、エアに王都の記憶は全くないみたいだから、思い出に浸る事もないよな。

俺もエアにならって、まだ朝日が出て間もない城壁に視線を向けた。

「あれがアーティファクトねえ。通った時は気付かなかったな」

誰に言うでもなく呟くと、後ろに控えていたグウィンさんが応えてくれた。

「ええ、〝知恵を持つ真なる白壁（はくへき）〟という名のアーティファクトです。シティーコアに組み込む事で機能するのです」

ほう、そんなタイプのアーティファクトもあるんだな。

俺が純粋に感心していると、エアがまっすぐ城壁を見つめたまま言った。

「自動修復する壁らしいが、どれほど堅いのだろうな」

その疑問にはローワン様が答えた。

「長い間攻められていないので、諸侯に聞いても、先祖から聞いた話ぐらいしか出てきません。父も知らないと申していました」

その話を聞いてエアは表情を険しくしたが、メリル君が熱い視線を送って励ました。

「エリアス様であれば、あんな壁ごとき、問題ありません!」

なんという忠誠心。でも、それとは違う思いも若干篭もっていそうだ。

メリル君を微笑ましく見ていると、シドウェル侯爵が口を開いた。

「まあ、それももうすぐ分かる事だろう。エリアス様、次の戦いは我らを存分にお使いください」

シドウェル侯爵はそう言うと膝を突き、エアに頭を下げた。彼の周りには他の諸侯も集まっており、侯爵同様に膝を突いて忠誠を示していた。

「貴公らの忠誠、ありがたく思う。この戦いを終え、私が王になった暁には、必ずや報いてみせる」

エアの言葉に諸侯達は感無量といった様子だ。特に初期から参戦している南部の貴族の中には涙を流している人までいた。

エアが声を張り上げると、シドウェル侯爵をはじめとした諸侯達が動き出した。

「では、そろそろ出るか。貴公らの働きに期待しているぞ!」

エアの近くで控えていたローワン様が言った。

「ゼン、フリッツ。貴公らは天幕に戻ったらどうだ? 今日は一日ゆっくり休んで、英気を養ってくれ。ドライデン殿も同様だ」

エアの護衛として控えていた勇者フリッツが、額に指を当てて顔を隠すような仕草で不敵に笑った。

「あぁ、十分取ったからな、手柄は」

それ格好いいと思っているのかと、今すぐ問い詰めたい衝動に駆られる。

「私はエリアス様のお傍にいます！」

メリル君は相変わらずブレないな。

俺達三人は先日の戦いで手柄を立てた為、一応褒美という扱いで休みをもらった。だがこれには、他の諸侯にも活躍の機会を与えたいというエアの思惑もあった。

諸侯達の中に、俺がいくら手柄を立てても咎める様子は見られないのだが、戦後彼らに報酬を与える為の理由が必要なのだ。これは今後の治世を考慮しての事だから、俺が意見を挟む問題ではないよね。まあ、休めと言われたんだから、とりあえず従おう。

自分の天幕に戻ると、中にはマルティナとポッポちゃんがいた。

アニアは治療部隊を結成して出かけており、セシリャとパティにはその警護を頼んだ。

アルンはちゃっかりエアの近くにいる。さっきもエアの護衛に紛れていたのが見えた。ファースは指揮の腕を買われて、今日も戦場に出ている。

ちなみに、スノアは自由行動だ。あの体を維持するのに結構な量を食べるので、自分で狩りをさせている。本人も人の中にいるよりは気が楽らしいので、このスタイルが良いだろう。

「師匠、やはり帰らなくてはなりませんか？」

マルティナが太ももの上に載せたポッポちゃんを撫でながら言った。最近は撫で方が上手くなったのか、ポッポちゃんも気を許している。

「約束のスキルは上がったじゃないか。それに帰ってくれないと、お前の親父さんが大軍を率いて俺を殺しに来そうだ」

マルティナは王都への行軍中にようやく剣術スキルを上げる事が出来た。毎日数時間、時には一日中、馬車の中でも相手をさせられた結果だ。

訓練をするという約束だし、真面目に取り組む姿は可愛いので良いのだが、一日訓練に付き合わされた後、更に寝る前にも訓練をせがまれた時は、流石の俺もエアの天幕に逃げてしまった。

マルティナがポッポちゃんを覗き込みながら言った。

「ポッポちゃんからも、何か言ってくださいな」

だがポッポちゃんは「もっと首を撫でるのよ！　主人、クルクルに言ってなのよ！」と、見当違いの返事をしている。

「また今度教えてやるからさ。次は魔法でもどうだ？　もう迎えの使者も来てるんだから……」

俺がそう言うと、物憂げだったマルティナの顔が輝いた。

「ッ！　大魔導士っ⁉　……良いですわね！」

またどこぞの有名人を語りだしそうだったので、お菓子を口に突っ込んで阻止をした。

この子は話がはじまるといちいち長い。まあ、一生懸命話しているのは、見ていて飽きないんだけどさ。

「もぐもぐ……分かりました師匠。今回は帰ります。考えてみればお父様が心配ですわ。わたくしの事になると、前が見えなくなる方ですから」

「お前さ……分かっているなら、親父さんに迷惑掛けるなよー」

「それはそれ、これはこれ、ですわ」

アホな子だと思っていたが、その辺りは理解していたらしい。まったく、良い性格をしている。

俺が少し呆れていると、マルティナが思い出したかのように口を開いた。

「あっ、師匠。最後に確認を」

「何かな？」

「アニアを説得出来れば、わたくしが第一夫人でもよろしいですわよね？」

「……」

「何かおっしゃってくださいな。まあいいですわ、とりあえず帰って、お父様を説得いたします」

「おい、説得ってなんだよ!? そんな事をしたら、俺と親父さんとで戦争になるぞ！」

「何をおっしゃいますか。貴族としての血も大事ですが、優秀な血を入れる方がもっと大切ですわ。師匠のお名前は近いうちにこのエゼルに知れ渡ります。そのような方ならば、お父様もきっと納得するはずですわ」

クソッ、ヤバい！　マルティナの目が本気だ！

この目は散々見てきたから知ってるぞ、いつも俺が折れるまで訓練をせがむあの目なんだ。

でも、悪くない……こんな可愛い子が俺の嫁……

いや待て、悪くはないが良くもない！　確実にあのおっさんと戦争だろ！

それ以前に、ジニーに殺される！

まあ、アニアは既に丸め込まれている気がするが……

動揺を隠せない俺は、頭をフル回転させて、なんとか言葉を捻り出した。

「い、一年後にまだそのつもりなら考えるが、今は絶対にダメだ、戦争中だぞ？　そもそも、この戦がどう転がるかで、戦後の立場はだいぶ変わるんだ。今話す事じゃないだろ」

「そうですわね。では、一年待ちますわ。わたくしも、もう少し女を磨かなくてはいけませんし」

良かった、納得してくれたようだ。一年後ならどうにかうやむやに出来るだろう。

それにしても、最近では一夫多妻制にすっかり違和感がなくなってしまった。俺自身、そうするつもりだって考えてるからな。

いつの間にか、相当この世界に馴染んだものだ……

帰り支度をするマルティナを手伝い、陣幕の近くで当たり前のように待機していた迎えの使者に引き渡す。

俺は使者と肩を並べたマルティナに声を掛けた。

「ポッポちゃんを、お持ち帰りしようとするの、やめてくれない？」

マルティナは使者の傍に行く前に、ごく自然な動作で地面にいたポッポちゃんを胸に抱いていた。

その気持ちは分かるが、ポッポちゃんは俺の相棒だ。絶対に手放すつもりはない！

「あら、わたくしとした事が」

ポッポちゃんを俺に手渡したマルティナは、最後に優雅な動きで頭を下げた。

「それでは師匠、また会いましょう」

その姿はどこに出してもおかしくない、完璧な淑女だった。

うーん、ちょっと勿体なかったか？

マルティナを送り出した俺は、ポッポちゃんを連れて天幕に戻った。

遠方からは絶え間なく戦いの声が聞こえてくる。少し気になるが、指示もないのに俺が手を出す訳にはいかない。まあ、今まで散々好き勝手やってきたんだ、これくらい我慢しよう。

日が暮れる頃、戦いは終わった。

日中はやる事がなかったので、アニアの手伝いなどをして過ごした。

ただ、いつ出番があるか分からないので、ＭＰは常に余裕をもっておくように心がけた。

重傷患者が来ても、アニアが杖を持っているので問題ない。あれさえあれば、『グレーターヒール』並みの回復効果を発揮するからだ。

それにしてもアニアは献身的に働いていた。俺が知っているあの子は、お菓子を食べながら笑顔を振りまく女の子だ。

だが、昼間に見せていた表情は、一生懸命に人を助けようと頑張っている大人の顔だった。それはとても魅力的で、俺に向ける笑顔とのギャップに、思わずドキッとしてしまった。

翌日も俺はお休みだ。何故なら二日目も城壁を崩す事が出来なかったからだ。

大きな理由は二つある。

一つ目はアーティファクトである〝知恵を持つ真なる白壁〟が、一日目に損傷させた箇所を修復していたから。

朝起きたら遠目では全くの無傷に戻っていたのには驚いた。

二つ目は、あの壁が我々の知らない機能を持っていたからだ。

城壁の四方の門には合計八体の人型の巨像が彫(ほ)られている。それが突然動き出し、門に近付く者の排除をはじめたのだ。

距離を取れば追ってくる事はないのだが、カタパルトなどの兵器にも反応して、弾を弾き返したり遠距離から反撃したりと多彩な動きを見せ、味方はこれに相当手こずっていた。


戦いは三日目になり、ついに俺が呼び出された。

俺はエア達お偉いさん方から少し距離を取った位置で、王都の城壁を眺める。

目の前には誰一人いない。

見えるのは城壁に上がっている敵兵だけだ。唯一隣にいるポッポちゃんは今、地面を掘り返すのに夢中だ。

時折敵から矢が飛んでくるものの、全く届かない。威嚇のつもりだろうか？

ついでにこちらに向かって何やら罵声を浴びせているようだが、ほとんど聞こえてないから全然意味がないけど。

その場で佇んでいると、エアがこちらに歩いてきた。俺は振り返らずに話しかけた。

「エア、この分の請求はしていいんだよな？」

「あぁ、支払いは勝ってからの話だけどな」

「おう、分かった。じゃあ、やるかな。ちょっと危ないかもしれないから、離れていてくれよ」

エアが下がった事を確認して、俺はマジックボックスから一本の槍を取り出した。

これは、王都までの行軍中に城壁がアーティファクトだと聞いてから、念の為に作っておいた物だ。

エーテル結晶体を魔石化して爆発属性を持たせた物を先端に取り付けた不細工な槍で、原理としては俺が何度か作らせた爆発ナイフと同じだ。

ただ、魔石のサイズが決定的に違う。

槍の先端に付けた魔石はダンジョンボスがドロップした物で、この世界では最大級の大きさを持つ。俺もあと二つしか持っていない。

穂先に大きな球体を付けているので、見た目は槍というより鈍器だ。これを作るのに協力してくれた軍所属の職人さんも、難儀していたのを思い出す。

俺が槍を取り出すと、俺の後方に控えるカタパルトやバリスタなどの用意がはじまった。

いくら投擲術がスキルレベル5の俺でも、この質量の物は遠くに飛ばせないので、近付く必要がある。

彼らはその為の援護として、弾幕を張ってくれるのだ。

更に、ファースが指揮をしている魔法兵達も俺の周りにやってきた。彼らも俺が与えた魔法を放ってくれる予定だ。

周りを見回せば、既に用意は出来ているらしい。俺は後ろを振り返り、エアに視線で合図を送る。

準備が出来たならさっそく取り掛かろう。

「皆の者、用意はいいな⁉　……放てっ！」

ローワン様の声が聞こえたかと思うと、味方の一斉攻撃がはじまった。

攻城兵器から大量の岩と大槍が放たれ、魔法兵も岩の弾丸の発射を開始した。

俺はそれに合わせるように駆け出して助走を付ける。前世で見たやり投げ選手の動きを真似、そこにスキルの力を上乗せして体を動かす。

もう少しで射程範囲に門が入るというところで、上半身を反らせて投擲の準備に入った。

城壁からは敵兵が俺を狙って弓矢を放ちはじめた。どうやら俺の投擲予定位置は、敵の矢が届く範囲内らしい。地面には何本もの弓矢が刺さっている。

しかし俺は足を止める事なく走り続けた。あと数歩だ。

城門が射程内に入った。

その瞬間、狙っていたかのように大量の矢が降り注いできた。

だが、怯えて逃げる俺ではない。敵の攻撃など関係なく最大限に溜め込んでいた力を解放して、城壁に向けて右腕を振り抜いた。

「おおぉぉぉ、りゃあぁっ‼」

投擲した槍が矢の豪雨を吹き飛ばしながら進んでいく。それをすり抜けた矢が俺に迫る。数本は俺の鎧に弾かれた。だが、鎧で防げなかった一本が俺の体に刺さった。

しかし、投擲した槍には関係ない。

ついに槍が城門のど真ん中に突き刺さった。同時に、目を覆うほどの光が発生し、次の瞬間には俺の体は後方へと吹き飛んでいた。最後にゴロゴロと転がる最中、大音量の爆発音が聞こえてきた。

ようやく衝撃が弱まって体を起こすと、爆発の影響で土埃が舞い上がり、目の前は全く前が見えなかった。

「……マジかよ。って、ここ最初の位置か⁉」

驚きの声を上げながら周囲を見渡すと、俺が助走前に立っていた場所まで戻されていた事に気付いた。

ポッポちゃんは俺が転がりながら隣に戻ってきたのが不思議なようで、口を開けて驚いている。

尻もちをついたまま前を見ていると、風に流されて次第に土埃が晴れてきた。城門に注目しているのは俺だけではないようで、辺りはシーンと静まり返っていた。

やがて土埃がすっかり晴れると、そこには跡形もなくなった城門の姿があった。よく見ると、城門の左右にあった人の像も吹き飛んでいた。これならあの場所で邪魔される事はないだろう。

ポッポちゃんが「すごいのよ！　主人は一番なのよ！」と鳴きながら、俺の腹の上に乗ると、トントンと飛び跳ねている。俺はそれに笑いながら渾身のガッツポーズで応じた。

その瞬間、俺の背後から割れんばかりの大歓声が響き渡った。ビックリしてポッポちゃんと一緒に後ろを振り返ると、まるで勝利したかのように騒ぐ兵士達の姿があった。

だが彼らはすぐに諸侯達の厳しい声で戦闘態勢に移行しはじめた。

今日は全ての兵士がこの門の側にいる。全軍をもって王都へ雪崩れ込むのだ。

それにしても、城門の破壊が成功するかどうかも分からないのに全軍を動かすなんて、俺も大した信頼を得たものだな。

さて、これで俺の仕事は終わりだ。後は気合十分な味方に任せる事にしよう。

俺はポッポちゃんを胸に抱き、ゆっくりと歩いて自陣に戻った。

あぁ、そういえば足に矢が刺さってるな。痛いが、問題なく歩けている。

……俺の体も大概だな。

第三章　封印の剣

城門の破壊後、俺はエアの近くで兵士達が王都へ攻め込んでいる様子を眺めていた。

あの城門破壊で兵士達の士気は最高潮に達したらしく、誰もが前日まで見せていた苦労に満ちた表情から、一変して勇ましい戦士の顔へ変わっていた。

ほどなくすると、城壁に到達した兵士達が破壊された城門の隙間から、我先にと突入を開始した。

相手もかなりの抵抗を見せているが、いかんせん勢いが違う。まるでゾンビ映画のように、大量に押し寄せる人の波に、敵側の守りはすぐに打ち破られていた。

それから十分ほど経つと、城門周辺の安全確保が出来たらしく、俺達はエアを中心に王都内部への移動を開始した。

「推し進めっ！」

「非戦闘員には手を出すなよ！　守らない奴は、その場で首を落とすからな！」

「怪我をしても、聖女に治してもらえるから、好きなだけ暴れろ！」

諸侯の側近らが自ら率いる兵を叱咤激励している。その顔には、戦闘開始時にはなかった余裕さえ浮かんでいる。

「街の制圧が終われば、後は城を取り囲みます。既に大半の敵兵は降伏しており、城下のほとんどは無抵抗で制圧が進んでいます。時間の問題でしょう」

そう言ったローワン様の表情は明るい。この段階にきて敗北はあり得ないと思っているのだろう。

「そうか。ローワン卿であれば心配はいらないだろうが、諸侯には油断せぬようにと通達を頼む」

厳しい事を言ったエアだが、その目元はわずかながら細くなっていた。

二人のそんな様子に、俺も少し安堵していると、アニアに腕を掴まれた。

「ゼン様、本当に足以外は怪我してないのですよね？　……ちょっと失礼します」

アニアはそう言いながら俺の鎧の下に手を突っ込んできた。

それなりの功績を果たしたので笑顔で出迎えてくれるかと思ったが、アニアの顔には心配が浮かんでいた。どうやら、あの爆発で俺が怪我でもしたんじゃないかと気が気じゃなかったらしい。

「大丈夫だよ、本当に怪我はしてないから。頼むから鎧の下に手を入れるのをやめてくれよ……」

「駄目なのです！　あんな大爆発だったのですよ⁉　ゼン様が飛ばされて、驚いたのです！」

アニアは興奮が治まらない様子で、心配そうに眉を八の字にして俺を叱る。

可愛い眉間にしわが寄っては困るので、俺は彼女の頭を掴んで親指で眉毛を外側に引っ張って元に戻そうと試みた。

「こんな場所でイチャつくなんて、ゼン殿は余裕だね……」

セシリャが周りを見回しながらそう言った。

「ふっ……強者の余裕か、ゼンよ。だが、油断はするな。俺の刃で守れる範囲は、限られているのだからな」

勇者フリッツが前髪を掻き上げながらセシリャに続いた。

アイツに守られる気はないし、話し方がムカつくのでケツを蹴り上げてやろうかと思ったが、この場で彼のキャラを壊すのも可哀そうだと思い、なんとか堪えた。

そんなやり取りをしていると、駆け込んできた伝令がローワン様に膝を突いて報告をはじめた。

「城下の制圧は九割方完了しました。あとは王城だけですが、思っていたより守りが堅いです。どうやら、生き残っている騎士達が全て立て籠もり、抵抗しているようです」

「分かった。まずは取り囲むだけでいい。貴公は他の諸侯を回り、王城へ集結するよう伝えてくれ」

「ハッ！　承知いたしました！」

カッコいいやり取りだ。いつか俺もやってみたい。

アルンはローワン様の近くで何やらうんうんと頷いていた。ちゃっかりエアやローワン様のすぐ近くという良い場所に陣取っているな。エアの周囲には、他にもウィレムやトバイア、オークスといった護衛の姿がある。

報告を聞く限り、残りは王城のみとなった。そろそろ俺達も行動するのか。

俺が期待に胸を滾らせる中、凛々しい表情をしたエアが王子様モード全開で話しかけてきた。

「さて、ゼン。城の制圧に行こうか。隣で私を守ってくれるか？」

「ハッ！　この命に替えても！」

早速カッコいいやり取りが出来ると思い、やってしまった。エアが一瞬怪訝そうな顔をしたが、気にしない。

王都の中心にある王城は、近付いてみると結構な大きさだった。

周囲にある同じ様式の建物は、政務や軍務を行う場所なのだという。

俺が破った門がある城壁を含め、三層の壁を超えてきたが、王城は更に壁に囲まれていた。

金属で補強された木製の正門は固く閉ざされ、壁の高さは今の俺でも飛び越えるのが難しいほどだ。

味方の騎士達が門を破ろうとしているが、流石王城を守る最後の門だけあって堅牢だ。

魔法や鈍器を全て跳ね返している。

俺達が正門間近に迫ったちょうどその時、諸侯の一人が大声で指示を出した。

「諸君ら、我が息子に任せよ！　やれ！　あの門を破壊するのだ！」

その声で騎士達が正門の前から退くと、一人の大男が歩み出て、肩に担いでいた巨大なウォーハンマーを振るった。

その瞬間、凄まじい破壊音が鳴り響き、正門には見事なまでの大穴が開けられていた。

「あれは確か、あの伯爵家が代々受け継いでいるアーティファクトでしょう」

ローワン様が口を開いた。

単独行動が多かったので見かける機会が少なかったが、今回の戦いには味方の諸侯も当然アーティファクトを持ち込んでいる。

伯爵の息子が何度もウォーハンマーを叩きつけると、ついに正門の蝶番が外れて内側に倒れた。

「おぉっ！　息子よ、よくぞやったぞ！」

伯爵は大喜びだ。チラッとエアに視線を向けてアピールも忘れていない。

破られた正門の向こうには、王城へと続く道がまっすぐ伸びており、それを守るかのように立ち並ぶ無数の騎士の姿があった。一切の乱れなく整列している彼らだが、その表情には怯えが見える。

破壊された正門を挟んで両軍の兵が睨み合い、互いに出方を窺っている。それならと、俺はエアに近付いて提案してみた。

逃げようとしてここに篭もったのだからそれも当然か。

「エリアス様、私が槍を投げますので、その後一度説得なさってはいかがでしょうか？」

「分かった、やってくれ」

エアは大きく頷いて俺の提案を採用してくれたが、その後小さく耳打ちした。

「ゼン……最初は殺さないでくれよ？」

俺だって流石にそれくらいはわきまえているさ……

マジックボックスから取り出した槍を、最前列の敵が構えていた盾目掛けて投擲する。

盾に槍を受けた騎士は勢いで吹き飛ばされ、数人を巻き込んで陣形を崩した。

「偽りの王に仕える貴公らに最後の勧告だ！　武器を捨て私に恭順するならば、今までの事は水に流そう。しかし、抵抗するというならば、魔槍の矛が貴公らを一人残らず貫くであろう！」

エアが力強くそう言うと、敵に目に見えて動揺が走った。

騎士達は一人、また一人と構えを解き、武器を地面に捨てると、両手を上げてこちらに向かって投降してきた。

だがその時、彼らに無数の矢が降り注いだ。

「裏切り者には死だッ！　反乱軍に加わりたいなら、死んでからにしろ！」

敵騎士の後方では、赤い鎧を着た男が声を荒らげていた。

燃えるような赤い鎧を見て、一目で事前に話を聞いていたアーティファクト【火輪の鎧】だと分かった。あれを着ている男は先の戦いで逃げた敵将、第一王子ジュリウスだ。

俺達とジュリウスに挟まれる形となった敵騎士達に、更なる混乱が走る。

既に多くの者が武器を捨てており、まだ考えあぐねていた者達も、どちらを攻撃すればいいのか躊躇していた。

うーん、もう王城は目と鼻の先なのに面倒臭い。これは単純に喚いているアイツを排除すればよさそうだな。

そう考えた俺は、迷わず槍を投擲する。

敵騎士達のわずかな隙間を縫って、槍がジュリウスの腹に直撃した。

「なっ!?　がはぁっ！」

一瞬驚いた様子を見せたジュリウスが、体をくの字に曲げて吹き飛んだ。

助走はないが、それでも全力で投擲した槍は彼の体を十メートル近く飛ばし、装飾の施された石畳の上に叩きつけた。

それにしても、アーティファクトは流石だな。槍が貫通する様子が全くなかったぞ。

奴が気を失ったのか死んだのかは知らないが、俺は投擲した姿勢そのままで声を上げた。

「邪魔者はいなくなったぞ！　今すぐ投降しろ！　さもなくば、次はお前らがああなるだけだ！」

呆然と固まっていた敵騎士達は、俺の言葉を聞くと持っていた武器を全て投げ捨てて、我先にとこちらに駆けてきた。

少し脅しがすぎたか？　まあ、時間が短縮出来たんだし、いいよな。

ふと隣から視線を感じて見てみると、アニアが笑顔で喜んでいた。

「あはは、流石ゼン様なのです！」

どうやらあれがお気に召したらしい。

可愛い笑顔を見せるアニアの頭を一撫でしてやると、地面を突いていたポッポちゃんが「あたしも撫でるのよ！」と、クルゥっと鳴いて対抗した。

投降してきた騎士達は全てこちらに捕らえられた。これでもう見える範囲に敵はいない。

状況の確認が済んだのか、ローワン様が口を開いた。

「エリアス様、残るは城内だけのようです。それでは参りましょう」

エアは無言で大きく頷くと、周りに三騎士と勇者を従えて歩き出した。

俺もそれに続き、近くにいる仲間達に話し掛けた。

「アルンは常に周りに注意を払って、エアを守ってくれ。わずかでも敵の気配があれば、すぐに水の壁を展開だ」

「分かりました。エア様をお守りします」

アルンはそう言うとエアのもとへと駆けていく。

既に周りには護衛の一人として認識されているみたいで、誰一人止める者はなく、むしろ道を譲ってくれるほどだ。

「アニアとセシリャは俺から離れるな。うーん、今さらだけど、ファース達も連れてくれば良かったか」

「ファースさんとパティさんは、指揮で忙しいみたいだし、代わりに私が頑張るよ」

セシリャが体に似合わぬほどの大斧を肩に担ぎながら、真面目な表情で言った。

ファースは今回も魔法兵の指揮をしており、パティにはその補佐をさせた。ファースは喜んでいたが、パティは奴隷の身でエリートである魔法兵を指揮する事に困惑していたな。

正門から続く道に沿って進むと、王城に至る。

真正面から見ると、本当に物語に出てくるような城にそっくりだと改めて思ってしまった。

美しい彫刻が施された白い壁面に、高くそびえ立つ尖塔(せんとう)の数々。王の居城として相応しい優雅さと威厳に満ちている。

その姿に感動しているのは俺だけではない。多くの者が王城の前で一度立ち止まって見上げていた。

しかし、皆すぐに表情を引き締めると、王城の入口に視線を送り、緊張の面持(おもも)ちで歩き出す。俺もその一員として王城の中に足を踏み入れた。

内部は外見と同じように白を基調とした西洋風の内装で、壁一つとってもその装飾には目を引かれる。今まで俺が見てきた多くの城砦と違って、この城は戦を想定した作りをしていないようだ。

美しい絨毯が敷かれた通路を歩く。

多くの諸侯が何度も足を運んでいるので、内部の構造は把握済みだ。何度か通路を曲がり、王座の間を目指して先に進んでいく。

「……誰も来ないのですね？」

アニアは辺りを見回しながら首を傾げた。

「探知には弱い気配がまばらに掛かるだけだから、敵はもう逃げてるのかもな」

俺の言葉を聞いて、セシリャは呆れた様子だ。

「王様を守らずに逃げちゃうんだ。今の王様ってそんなに嫌われてるのかな？」

そう言いながらも彼女は耳をピクピクとさせて警戒を怠らずにいる。

そういえば、あの耳を触らせてくれる約束だったな。この戦いが終わって落ち着いたら、ポッポちゃんと一緒に堪能しよう。

その後もゆっくりと王座の間を目指して進んでいると、前方から一人の気配が近付いてきた。氷天や竜天などよりは小さい。だが、それでも普通の騎士よりは強力だ。

やがて姿を現したのは、相当年齢を重ねたエルフの男だった。

肉体的な衰えがありながらも、これほどの気配を感じるという事は、魔法などに長けた人物なのだろう。

エルフの老人は優雅に一礼すると、落ち着いた様子で口を開いた。

「エリアス様、王命により、王座の間までご案内いたします」

その言葉にローワン様が真っ先に反応した。

「久しぶりだなリシャール殿。エリアス様を案内するとはどういう事だ？　いくら貴公でも、おいそれとついていく訳にはいかぬぞ」

ローワン様の表情はそれほど険しいものではないが、決して油断なく研ぎ澄まされている感じだ。

「……私の口から申しても信じられぬかと思いますが、私は王位の奪い合いに興味はありません。ただ王の命に従うのみです。王はエリアス様をお連れしろとおっしゃった……それだけです」

リシャールと呼ばれたエルフの口調は事務的で淡々(たんたん)としていたが、嘘を言っているようには感じられない。

ローワン様は彼と面識があるようだが、その言葉を信じていいのか迷っている様子だ。

そんなやり取りをしていると、俺達の後方で控えていたグウィンさんが進み出て言った。

「お久しぶりです、リシャール様。エリアス様、この方の言葉ならば信用出来ます。案内をお願いしましょう」

「……グウィンがそう言うなら信じよう。案内を頼む、リシャール殿」

エアとグウィンさんの信頼関係は付き合いの長い俺でも入り込めない。俺にはそれがとても眩(まぶ)しいものだと思えた。

この国の宰相だというリシャールの案内で、王座の間に辿り着いた。

目の前にあるのは宝石が散りばめられた美しい扉で、大型の亜人でも問題なく通れるほど大きい。王城に入ってから何度か通った扉とは一線を画するものだ。

城内は閑散としていたが、流石にこの場には数名の使用人が残っており、彼らの手でゆっくり扉が開けられた。

王座の間に足を踏み入れると、これまた立派な作りに目を奪われる。

壁にはところ狭しと壁画が描かれ、柱の全てに精巧な彫刻が施されている。踏みしめている絨毯も通路にあった物よりも更に上等だ。

高い天井には豪華なシャンデリアが吊るされており、温かな光が灯されている。しかし蝋燭の炎ではないので、間違いなく魔法の品だろう。

目に入る物全てが上質で、この国の最高級品が集められているのだと分かった。

部屋の奥まった場所は一段高くなっており、その真ん中に立派な椅子が一つ据えられている。だが、その椅子には誰も座っていない。案内をしてきたリシャールも少し困惑しているようだ。

目的の人物がいない事に、ローワン様が顔をしかめた。

「どういう事だ？　まさかリシャール殿を迎えに行かせて、奴は逃げたのではないだろうな？」

「……もはや逃げられる状況ではないのです。あの方もそれは理解しているはず。そんな行動を取るとは思えません」

リシャールは疑問の表情を浮かべながらも、ローワン様の言葉を否定した。

アーネストという人物は肝が据わっているのか、それともプライドが高いか、どちらかって感じか。

やがて探知スキルでこちらに近付いてくる人物の気配を捉えた。リシャールの言葉は間違っていなかった。

その人物が王座の間の奥にある扉を開けた。

皆が息を呑む静寂の中、小さくギィという音が鳴る。

王座の間に集まった者の視線がそこに集中した。

現れたのは、まさに王様といった派手な服装を纏った、細身の男だ。明るい赤色のマントがいやに目につく。

「……王が現れたのだぞ。者ども頭を垂れろ」

男はやや病的に見える鋭い瞳で俺達を見ると、口髭を一撫でしてそう言った。

「ふんっ、つまらん」

俺達がなんの反応も見せずに身構えていると、男は苛立ちを露わにそう吐き捨てて、王座へとゆっくり歩いていく。ドスンと腰を下ろすと、改めて俺達を見下すように眺めた。

「お前がエリアスか……。似ているわ……あの忌々しい兄に……。黙って王座を渡せば死なずに済んだ愚か者になっ！」

アーネストが嘲りを込めて放った言葉に、諸侯達が一斉に武器を向けた。彼らの雰囲気は一触即発状態だ。前王に仕えていた彼らからしたら、目の前に宿敵がいるのだから、当然だ。

張り詰めた空気の中、一歩前に踏み出したエアが言った。

「皆の者、構わぬ。所詮終わる男の戯言だ。少しぐらい吠えさせてやればよいではないか」

冷静に周りをなだめているが、付き合いの長い俺には分かる。あれは相当頭にきてるぞ。

「ふんっ、余裕を見せおって、そんなところまで兄に似たのか……」

少なくとも見た目では冷静に返された事で、アーネストはわずかながら戸惑いを見せた。

ここまで王の貫録を少しは感じていたが、この調子だと簡単に化けの皮が剥がれそうだな。

エアはアーネストが動揺した姿を見てすかさず言った。

「アーネストよ、残るはお前ただ一人だ。もう貴様を守る息子らもいなければ、兵も全て降伏している。最後くらい王らしく威厳を見せて、素直に首を差し出したらどうだ？」

これはエアとジニーの仇討ちでもある。首を落として終わらせるだけ優しいとさえ思えた。

「はぁ……貴様は事を急ぎすぎだな。いや、それがこの戦いの勝敗を分けたのか？　まあいい、もはや儂に勝ち目がない事は分かっている。王座はお前に譲ろう」

意外に聞き分けの良さそうな態度を見せたアーネストは、そう言って王座から立ち上がった。

「だが……このまくれてやるのは癪だ。そこでな、儂も最後の抵抗ぐらいしようと思う。リシャール、儂から離れてくれて礼を言うぞ。お蔭でこれを取ってこられた」

アーネストはマントを大きく翻すと、そこから腰に帯びた一本の剣を抜き放った。

「ッ!?　そ、その剣は！　私を行かせたのは、その為でしたかっ！」

アーネストの持っている剣を見て、リシャールが叫ぶ。

エアの近くに控えていたグウィンさんも焦った様子で俺を振り返った。

「ゼン君ッ！　やらせてはいけません！　あれを止めてくださいっ！」

初めて見たグウィンさんのその表情に、俺も事態の深刻さを一瞬で感じ取った。

反射的に鉄の槍を取り出し、アーネスト目掛けて投擲する。槍は数メートル先のアーネストに即座に到達すると、腹へと深く突き刺さった。

しかし、奴はそんな事に構う素振りも見せず、ニヤリと口元を歪めた。

「もう遅いわ……。吐き出せ……アビス……」

アーネストは崩れ落ちながらも剣を掲げる。すると、その切っ先から一切の光を通さぬ闇が放射線状に放たれた。

闇は一気に膨れ上がり、部屋全体を覆い尽くす。隣にいるアニアの姿すら全く見えない。

危機感を覚えた俺は、咄嗟にアニアを抱き寄せる。更に反対側にいたはずのセシリャへと手を伸ばしたが、目測を誤ったのか空振りした。

焦りながらも探知スキルで探すが、全く位置が分からなかった。

この闇は探知スキルを阻害するのかもしれない。

「ゼン様！　アルンは⁉」

俺の胸の中でアニアの声がする。周りからも声が聞こえてくるので音は遮断されないようだ。

「分からん！　何も見えないんだ！　アニア、絶対に俺から離れるな！」

足元にいたポッポちゃんも、どこにいるか全く分からない。ただ、俺を呼ぶ鳴き声が聞こえるだけだ。

出来る限り状況を把握しようと周りを見渡すが、視界は一面の闇。永遠にこのままなのではないかと本能的に恐怖を感じる。

だが、その不安は突如消えた。いきなり空気が入れ替わったかのように、光が戻ったのだ。

突然の変化に戸惑いながらも皆の安否を確認するが、何も起きていないと感じる。

しかし、探知スキルが機能を取り戻すと、俺は反射的に身を隠したくなるほどの、強大な気配を感じ取った。

「アルンっ！　盾だ！　エアを守れ！」

俺がそう叫んだのも束の間、王座があった場所から光が膨れ上がった。

俺は胸にアニアを抱きしめ、更にもう片方の腕を伸ばして近くにいたセシリャを引き寄せる。

ポッポちゃんも一瞬で俺の足元へと寄ってきた。

【魔導士の盾】を展開し、更に魔法抵抗スキルによる障壁を作り出す。出来るならばエアやアルン達がいる王座の近くに移動したかったが、アニアやセシリャ、そしてポッポちゃんをそのままにはしておけない。

光は絨毯を燃やしながら瞬（またた）く間に俺達に迫った。

盾に圧力を感じた直後、魔法抵抗の障壁が光を弾く。障壁は自然現象や物理的な攻撃には反応しないので、これは魔法攻撃と考えて間違いない。

鍛え上げられた魔法抵抗をもってしても、若干の熱さを感じる。

エア達が気掛かりで視線を送ると、アルンが【天水の杖】で水の壁を展開して緩和しているようだ。二人は少なからず魔法抵抗があるので、どうにか耐えてくれると良いのだが。

やがて光の奔流(ほんりゅう)が止まった。

部屋全体が焼け焦げ、立ち上る熱と臭いが俺達を包み込んだ。

「皆、無事かッ!?」

エアの怒号が響き渡った。

見ると、エアとアルンに怪我はなく、周囲を見回していた。そしてその傍らには、背中から煙を上げて膝を突く三騎士の姿があった。どうやら身を挺(てい)して二人を守ってくれたようだ。

即座に回復させたい気持ちに駆られたが、今それは出来ない。

何故なら、あの光の爆発を引き起こした存在がいるからだ。

王座の前には無残に焼け焦げたアーネストの姿があったが、それは既に物言わぬ存在となっていた。

しかしその背後に、濃い灰色の肌を持つ人型の何かが立っている。

三メートルはありそうで、比較的細身だが全身が筋肉質でしなやかな力強さを感じさせる肉体を持っている。頭部には二本の角を生やし、背中にはその巨体に見合う大きな翼がある。それが虚空(こくう)を見つめながら、ブツブツと何かを呟いている。

俺はその不気味な存在から目が離せなくなってしまった。

奴がエア達を見た。その瞬間、俺はルーンメタルの槍を取り出して全力で投擲していた。

槍は奴の腹を捉えるが、そのまま貫通して部屋の壁へと突き刺さった。

奴は穴が空いた腹に視線を移すと、またブツブツと喋りだし、傷口に手をかざした。すると、みるみるうちに腹の穴が塞がっていく。多少出血をしたようだが、血はドロリとしていて噴き出す事はなかった。痛がる様子を全く見せないので、大して効いてなさそうだ。

奴の不気味さと探知スキルで分かる強さに焦り、俺は声を荒らげた。

「アニア、セシリャ！　怪我人を下げて早く治せ！　ポッポは俺の援護をしろ！」

アニアとセシリャは俺の声に体をビクリと震わせ、即座に動き出して怪我人のもとへ向かった。

続いて俺は前方にいるアルンに向かって叫んだ。

「アルン！　早くエアを下げろ！」

「でも、ウィレムさん達が！」

「黙れ！　言う通りにしろ！」

動けないウィレム達を助けようとしていたアルンは、俺の非情な言葉に少し驚いた表情をしている。

今まであまりきつい言い方はしてこなかったのと、味方を見捨てる行為に戸惑っているのだろう。あいつの気持ちは分かるが、今の俺にそんな余裕はなかった。ウィレム達が命を賭して守ろうとしたエアを最優先にするべきだ。

「アルン、ゼンの言った通り、今は下がるぞ！」

エアも俺と同じ気持ちなんだろう。アルンに一声掛けると、自らの足で後退をはじめた。

これでとりあえずは……と安心したのも束の間、奴が視線をエアに向けた。

俺は槍の投擲で牽制するが、今度は手ではね除けられてしまった。助走のない投擲で傷を負わせるのは難しそうだ。ただ、大分体勢は崩れていたので、状況次第な気もする。

奴が今度は俺を見た。どうやら相手をしてくれるらしい。

俺は奴から視線を外さずに叫んだ。

「俺が相手をする！　皆は下がれ！」

先程の魔法攻撃で多くの人が負傷している。今はとにかく態勢を立て直さないとならない。

白目だけの不気味な瞳が俺を捉え続け、奴はまたブツブツと何かを言い出した。そして手の平を俺に向けたかと思うと、突然火の玉を飛ばしきた。

即座に【魔導士の盾】を展開して防ぐが、続けざまに新たな火の玉が放たれた。

火の玉が障壁に当たる度に、衝撃で強く押し込まれる。

火の玉一発一発の威力は魔法技能レベル3の『ファイアボール』以上だ。

腰を落として攻撃に耐えていると、何が面白いのか奴の口元が吊り上がった。そして更に火の玉の発射速度が増す。

あまりの弾数と威力に、俺の周囲は陽炎のように空気が歪み、飛び散った火の粉が発する煙に覆われる。

もし俺が持っているのがアーティファクトの盾でなければ、とっくに破壊されていそうだ。

少し辛いが耐えられない攻撃ではない。怪我人達を部屋から逃がす為にも、全て受けきってやろう。

俺は防戦一方だが、ポッポちゃんが時折岩の槍を奴に撃って反撃している。しかし、効果は今一つだ。

当たってはいるのだが、奴も魔法抵抗スキルを持っているのか、威力がかなり軽減されて、肌で弾かれている。

ブツブツと何かを言い続ける奴の攻撃は止まる気配がない。火の玉の攻撃では通用しないと悟ったのか、今度は鈍い光を放つ剣を出現させて、それを上から叩きつけてきた。

これも多分魔法なのだろう。魔法でこんな事が出来るとは、初めて知った。

斬り合うつもりなら、喜んで応じよう。

俺はマジックボックスから取り出した【テンペスト】を右手に握りしめ、奴に突っ込んでいく。

奴は、俺が繰り出した【テンペスト】の突きを魔法剣の腹で受ける。そしてそれをはね除けて、仕返しとばかりに斬りかかってきた。

奴の体格に合わせた魔法剣は、人間が持つ大剣より更にでかい。その攻撃は、俺を斬るというよりも叩き潰すのに近かった。

【魔導士の盾】で攻撃を受けると、ズンッと重い衝撃が走り、体が沈み込む。ダンジョンボスのミノタウロスを凌ぐ一撃の威力を持っている。

【殺霊(こくれい)の籠手(こて)】で筋力が強化されていなければ、耐えるのは難しい攻撃だ。

接近戦をはじめたものの、奴の視線は俺だけには定まっていない。時折チラチラと俺の後方にいるアニア達の方に視線を送っては、何かしようと手を伸ばす。俺はその度に【テンペスト】でその動きを牽制する。

それにしても強い。

こうも決定的な攻撃を当てられるイメージが湧かない相手は初めてだ。それに……こいつは他にも何か隠し持っている印象を受ける。

ダンジョンボスのミノタウロスも、勝てない相手だとは思わなかったのだが……

俺達の頭上を飛んでいるポッポちゃんがクルゥと鳴いて稲妻を放つ。

一瞬眩く光り、稲妻が奴に直撃する。だが、体の表面を焼いたくらいで効果は薄い。

ポッポちゃんはその様子に不満げに鳴くが、それ以上の攻撃を一旦やめた。攻撃が効かない相手に無茶をするほど、今のポッポちゃんは馬鹿ではないのだ。

とはいえ、ポッポちゃんの攻撃は奴の気を引いてくれた。稲妻を食らった瞬間、俺への攻撃の手が緩まったのだ。俺はその隙を突き、奴の二の腕に【テンペスト】を突き刺した。

その直後、刃風が起こり、奴の二の腕の中ほどから先の部分が吹き飛んだ。

奴は口元をニヤリと歪めたまま、後ろへと大きく飛び退いた。

背中にある羽の助けで、動きはかなり俊敏だ。しかも、強い風が巻き起こったせいで、思うように追撃が出来ない。

その結果、奴に回復する時間を与えてしまった。

奴が失った腕に手を添えると、新たな腕が一気に生えてきた。異常な回復速度だ。

その時見えた奴の体内の様子は人間などとは違い、骨などの組織が見られなかった。根本的に体の構造が違うらしい。

一旦退いてから、奴はまだ動く様子を見せていない。次に何をするのか注視していると、背後からリシャールのおののく声が聞こえてきた。

「ふ、封印を解くとは……なんて愚かな……。可能性はあったが、それを見抜けなかったとは、私も衰えたか」

先程の攻撃の直後、彼はフリッツと共にすぐ立ち上がっていた。あの攻撃を自らの力で防いだのだろう。

ちらりとリシャールを確認すると、周りにいる人に回復魔法を掛けながら、王座の間から退去させている。

離れた人にも回復魔法が届いているから、使っている魔法は『ヒール』や『グレーターヒール』とは異なるもののようだ。

「ゼン君、あれは悪魔族です！　態勢を整えてすぐに助けますので、もう少し耐えてください！」

背後からグウィンさんの声が聞こえた。

苦しそうだが命に別状はないみたいだ。

悪魔族といえば、ドラゴン族、巨人族と並ぶ、この世界の最強種の一つだ。かなり昔にこの大陸からは排除されたと文献で目にした事がある。

リシャールは〝封印〟と言ってたが、アーネストが持っていたあの剣がその役割を果たしていたのか。

グウィンさんの声に反応したのかは分からないが、再び悪魔が動き出した。迷う事なく俺に向かって素早い跳躍で迫ってくる。

空中から振り下ろされた魔法剣を【魔導士の盾】で凌ぎ、お返しに【テンペスト】で突きを放つが、これは切り返した魔法剣で弾かれた。

攻撃と防御を繰り返していると、悪魔の背後からポッポちゃんが攻撃を加えた。岩の槍が悪魔の背中に突き刺さったが、やはり高い魔法抵抗の前にそれほど威力は出ていない。ポッポちゃんはそれにもめげずに攻撃を続ける。

だが、悪魔は俺に攻撃しながらも、ポッポちゃんに向けて弾丸のようなものを連続して撃ちはじめた。

ポッポちゃんは必死に躱すが、その一発が直撃した。

小さな爆発が起こり、ポッポちゃんの鳴き声が響く。しかし飛行には支障がないのか、ヨロヨロと後方へと逃げていく。一瞬肝を冷やしたが、思わず安堵のため息が出てしまった。

邪魔者がいなくなったとばかりに、悪魔は俺への攻撃の勢いを増していく。

剣を俺に振り下ろしながら、空いたもう片方の手で魔法を放ってくる。その連携に反撃の隙がなく防戦一方になってしまう。

悪魔が大きく横一閃した魔法剣を【魔導士の盾】で防御したものの、吹き飛ばされて悪魔との距離が大きく空いた。

その隙を利用して、悪魔は片手を床に向ける。

すると、そこから湧き上がるように黒い影が生えてきた。その瞬間、探知スキルが新たな気配を捉えた。

影が竜巻みたいに巻き上がると、そこから二メートルはあろうかという、悪魔に似た存在が現れた。

膝を突きながら現れた三体のそいつらの肌は赤く、全員片手に剣を持っている。やたらと明るく見える剣は、相当な熱量を帯びているのか、周りの空気を歪めていた。

三体の赤い悪魔が立ち上がり、俺を目掛けて駆けてくる。距離が開いたせいもあるが、何をするのか見入ってしまい、明らかに後手に回ってしまった。

後悔しても仕方ない。俺は【テンペスト】を握る手に力を込めて迎え撃つ。

一瞬投擲も考えたが、赤い悪魔がこちらに迫る速度を考えると、【テンペスト】を手放すのは得策とは思えなかった。

赤い悪魔の斬撃を【魔導士の盾】と【テンペスト】で弾き飛ばして凌ぐ。

一体一体の力はそれほどではないが、三体の絶え間ない連携攻撃に、反撃のタイミングが掴めない。剣だけではなく、魔法での攻撃も織り交ぜてくるからだ。

黒灰の悪魔の方はよほど余裕があるのか、その場から動かずに腕を組んで俺を見ている。

防戦一方の中、わずかに生まれた好機を見逃さず、俺は赤い悪魔に【テンペスト】の一撃をお見舞いする。

赤い悪魔の一体が腹から千切れて真っ二つになった。床に落ちた体が溶けるように消えていく。

それを切っ掛けにして、黒灰の悪魔が再び動き出した。背中の翼を使って大きく跳躍すると、魔法剣を振り上げながら俺に迫る。同時に、二体の赤い悪魔も剣を振るった。

一番強力であろう黒灰の悪魔が叩きつけてきた剣を、なんとか盾で弾く。

だが、続く赤い悪魔の攻撃が俺の体を捉えた。

赤い悪魔が放った突きを肩に受け体勢が崩れたところに、もう片方の赤い悪魔の斬撃が横っ腹を薙いだ。

幸い両方とも鎧が防いでくれたのでダメージはない。だが、衝撃で膝を突いてしまった。

急いで顔を上げ、状況を確認する。

黒灰の悪魔の魔法剣が振り下ろされていた。

焦りながらも【魔導士の盾】で防ごうとした直後、俺の体に突然力が漲ってきた。

「ゼンッ！　俺もやるぞ！」

背後から力強いエアの声が聞こえた。

【扶翼の盾】の力を受けて体が軽くなった俺は、魔法剣に盾の障壁を叩きつけて跳ね返す。

「今こそ、勇者の力を、振るう時っ！」

更に、フリッツの演技じみた声が響く。

俺に追撃をしようとしていた赤い悪魔の一体が、【閃光の剣】から放たれた光斬をまともに受けて吹き飛んだ。

「若者だけには任せられん！」

リシャールがそう叫ぶと、俺の目の前に光の盾が現れた。残るもう一体の赤い悪魔が放った攻撃はその盾に阻まれた。盾が消えると、続けて俺の体に回復魔法が施される。リシャールの魔法だろう。遠距離回復魔法は便利そうだな。

味方の援護を受け、俺は立ち上がった。

「散々やってくれたな……。今度はこっちの番だぞ！　おりゃああ！」

気合の声と共に、黒灰の悪魔めがけて【テンペスト】を突き入れる。

奴は飛び退いてそれを避けると、赤い悪魔を付き従えて後方に下がった。光斬を食らった赤い悪魔はまだ動けるようだ。

黒灰の悪魔から目を離さずに武器を構えると、俺を挟むようにエアとフリッツが並んだ。

「ゼンはあの黒灰を頼む。赤い方は任せろ」

「……お前を戦わせたくないが、正直手が足りない。任せるが、死ぬなよ？」

「王は、この俺が守る。世界が、終わっても」

エアとフリッツならば、赤い悪魔の相手を任せられる。

リシャールが俺達の背後に来ると、補助魔法を掛けながら言った。

「エリアス様、あれはかつてこの地を支配していた悪魔族。建国王が封印した……魔王です。ゼンとやら、どうかあれを抑えてくれ。我々は赤い悪魔を倒し【封剣アビス】を回収する。魔王を再封印するのだ」

リシャールの言う【封剣アビス】とは、アーネストが持ってきた剣の事だろう。今もその死体の傍らにある。

視線を魔王から外して確認していると、エアが叫んだ。

「来るぞっ！」

その声に反応して魔王に視線を戻す。魔王は赤い悪魔と共にこちらに向かって跳躍していた。

「魔王は俺に任せろ！　エア達は剣を頼む！」

俺はそう叫び、飛びかかってきた魔王に向かって【テンペスト】を突き上げた。

奴は魔法剣で俺の攻撃を防ぎ、近距離から魔法で反撃してくる。

少し離れた場所では、エア達が赤い悪魔を相手に、優位に戦いを進めていた。後方からのリシャールの支援がかなり効いていると思える。

エア達が戦いに加わり、数分経っただろうか。

まだ展開は大きく動いてはいないが、一つ気付いた事がある。悪魔達はあの剣を守るかのような位置取りをしているという事だ。

【封剣アビス】——このエゼル王国を作った、初代国王が手に入れたアーティファクトである。名前は当然知っていたし、その名前からある程度性能も予想は出来ていた。

ただ、それが中身入りで、しかも魔王を封印していたとは思ってもみなかった。

リシャールは、アーネストが封印を解くとは予想もしていなかった様子だ。これ程の強さを持った悪魔を自暴自棄になって解放するなど、狂気の沙汰でしかないからな。

それにしても、こいつは手ごわい。魔法剣での攻撃もさる事ながら、無詠唱の魔法攻撃が攻守にわたって強すぎる。

魔王が腕を横に振ると、その軌跡に沿って火の玉が放たれた。

俺に向かってきた魔法は【魔道士の盾】で防いだが、扇状に広がった魔法は、エア達の方向や、俺の後方に飛んでいった。

幸いエア達に向かった魔法はフリッツが光斬を放って対処し、俺の後方に流れた魔法はアルンが水の壁で威力を緩和した。復活した騎士達も盾を使って弾いていた。

攻撃が皆に及んでしまったが、決して気を抜いた訳ではない。腕を振るだけの簡単な動作で範囲攻撃をされるので、対処が難しいのだ。

復帰したポッポちゃんが俺の援護に加わり、こちらの手数は確実に増えた。しかし、魔王はそつなく攻撃をいなす。

こんな奴を封印出来たなんて、初代国王はどれほど強かったんだよ。

お互い決め手を欠く中、魔王が俺から少し距離を取った。

また赤い悪魔を呼ばれてはまずいので、一気に間合いを詰める。

だが、いきなり地面から黒い影の刃が生えてきた。慌てて体を捻って回避するが、足に食らってしまい、激しい衝撃を感じた。

鎧のお蔭で負傷はしなかったものの、大きく体勢が崩れる。

その間、ポッポちゃんがクルゥクルゥと鳴きながら、魔法で魔王を牽制してくれる。

それでも、わずかな時間に、魔王は更に三体の赤い悪魔を呼び出した。

単体でも強い魔王が、これほど簡単に味方を増やすのは反則すぎる！

俺も【英霊の杖】でスケルトンを呼び出すか？

いや、赤い悪魔相手でも一瞬で蹴散らされるだろうし、何より数が多すぎては動きの邪魔になるか。

魔王が手を振って指示を出すと、一体はエア達のところに、一体はその場で待機し、最後の一体は出入口付近で回復を続けているアニア達の方へと向かった。

思わず体が反応して助けに行きそうになる。しかし、今俺がこの場から動くと、魔王ともう一匹の赤い悪魔が自由になってしまう。

……本当にいやらしい事をしてくる奴だ。

これに対応する数少ない選択肢の中から、俺は決断した。

「ポッポ、俺の方はいい。エアを助けてくれ」

今手助けが必要なのは、赤い悪魔を二体相手にするエア達だ。

後方へと向かった赤い悪魔は、既にセシリャと復活をした騎士達が迎え撃とうとしている。アニアは回復で手一杯だろうが、アルンも対応の為に動き出している。二人と騎士達がいれば、一体くらいなんとかなるはずだ。

これ以上魔王の好きにさせたくない。俺は奴へと向かって駆け出した。

こちらはポッポちゃんが抜けて戦力が減り、魔王には赤い悪魔が加わっているが、気合でなんとかするしかない。

駆けながら左手に爆発ナイフを取り出して投擲する。一発目のナイフを魔王は魔法剣で弾く。直後に起こった爆発に一瞬驚いたようだがダメージはない。

投擲しながら魔王に近付き、近接戦の最中も【テンペスト】で攻撃を加えながら、ナイフを投げていく。爆発が近すぎるので俺にも衝撃が来るが、普通のナイフではダメージを与えられない。気にせずとにかく手数を出す。

魔王の剣をなんとか躱して、赤い悪魔に爆発ナイフを投擲する。

すぐに爆発が生じて赤い悪魔が仰け反った。

その隙を突こうとしたが、魔法の反撃を受けた。

衝撃が腹に伝わる。この程度の魔法なら、一発くらい問題ない。

だけど、辛い、辛い、辛すぎる！

肉体的にはまだまだ問題ないし、集中も途切れていないが、これを続けていると精神がガリガリと削られていき、焦りから大きな隙を作ってしまいそうだ。

一瞬自分のステータスを確認したところ、ＨＰは十分の一も減っていなかった。しかし、回復する隙がないので、蓄積するのはまずい。

魔王と赤い悪魔を相手取り、どうにか対応していると、エアの声が聞こえてきた。

「よくやったポッポちゃん！」

余裕がなくて見る事は出来ないが、敵の気配が一つ消えたので悪魔を一体倒したのだろう。

続けてセシリャの気迫に満ちた声が聞こえた。

「ハァァァッ、テイッ！」

「セシリャさん、下がって！　今なのです、皆さん！」

アニアが叫ぶと、それに応じて騎士達が動いた。その直後、複数の爆発音が響く。回復した諸侯の兵達が奮闘しているようだ。この様子なら後方はすぐにでも片付きそうだな。

周りが頑張っている中、俺一人苦戦するのは格好悪い。

ここで意地を見せるのが男だろう。

「おりゃあっ！」

赤い悪魔が払ってきた剣を【魔道士の盾】で弾き飛ばし、【テンペスト】を突き入れる。

隙を突いて魔王が魔法を放ってきた。俺はそれに構わず攻撃を続行。赤い悪魔の足を捉えた。

その瞬間、猛烈な熱が俺の体を焼く。

「グッ、ガアアアアア！」

痛みを気合の声でかき消して、このチャンスを逃がさない為に、俺は体を動かし続ける。

【テンペスト】を更に深く突き刺して赤い悪魔の足を吹き飛ばした。

床に倒れる赤い悪魔に止めを刺すべく、飛びかかって顔面を一突きする。

赤い悪魔は一瞬ビクリと痙攣し、頭が吹き飛んで消えた。

だが、これで大きな隙を作ってしまった。

跳躍してきた魔王の剣が俺に迫る。羽を使う鋭い動きに後れを取ったが、なんとか【魔道士の盾】で防ぐ。しかし、続けざまに放たれた魔法を再度食らってしまった。

「ガァハッ！」

熱い、とにかく熱い！　全身が燃え上がり、息を吸うと肺が焼けるようだ。

すぐにその場から飛び退いて、『グレーターヒール』を自分に掛けた。

魔王はそんな俺を見てまたブツブツと何かを呟いた。

何度も奴の声を聞いてると、俺が持つ自動翻訳（ほんやく）能力が成長したのか、次第に奴の言葉の意味が分かってきた。

「……エルフは捕らえて拷問（ごうもの）だ。……人族はすり潰して血の池にしてくれる。……獣人の毛皮を剥いで大地を覆い尽くそう。……竜は全て殺して食ってやる。……巨人もまとめて殺してしまおう」

魔王の言葉はまるで呪詛（じゅそ）だ。これなら分からないままの方が良かった。

充分とは言えないが、魔法のお蔭で動きに支障がない程度には回復した。これで痛みに耐えた分の元は取れそうだ。

魔王がまた赤い悪魔を呼び出す前に距離を詰める。先程までの一対二の状況に比べれば、俺も反撃を多く出せる。

後方で赤い悪魔を倒したアルンとセシリャが近付いてくるのを視界の隅に捉えた。

「待って、アルン君、駄目！　私達じゃ邪魔になる！」

「でも、ゼン様が！」

セシリャの言う通り、今下手に加勢されると、俺の攻撃に二人まで巻き込みそうだ。

「俺はいいっ！　それよりエアを助けろ！」

普段は人見知りの激しい彼女も、戦闘時にはアルンより頼りになる。

魔王と俺の戦いは互いに決め手を欠く拮抗状態が続く。時折、リシャールの魔法が飛んできて、俺の体を癒やしてくれた。遠距離での補助は本当に助かる。

程なくすると、援軍を得たエア達が赤い悪魔を倒したようで、俺の後方に集まってきた。

魔王もそれが気になるのか、俺から距離を取ろうとしている。

「隙を見て剣を手に入れるぞ。実力者以外は魔王に手を出すな！」

エアの声が聞こえた。後方からジリジリと皆が近付いてくる。多くの騎士達はエアの言葉通り、戦いに参加する気はなさそうだ。俺もその方が助かる。

魔王は背後の剣を守るように、俺から距離を取ろうとしている。

だが、逃がすつもりはない。俺は距離を詰めて攻撃を仕掛けた。

そこにポッポちゃんの援護や、フリッツの光斬などが加わり、段々と俺の攻撃が当たりだした。

「行けるぞ！　魔王の動きを見て裏に回るぞ！」

エアの指示で、皆がジリジリと魔王の周りを囲いだす。

流石の魔王も劣勢かと思いきや、時折俺の攻撃を躱しながら範囲魔法を撃ってくる。エア達はその度に後退を余儀なくされた。

魔王の後ろを取るのは難しそうだ。

一人の騎士が飛び出した。外側から回り込んで魔王の背後を取ろうとしたが、魔法剣の投擲で阻止された。直撃した魔法剣が太ももを大きく切り裂いていた。

投げるのもありなのかよ！

魔王が素手になったのを好機と見て、俺は迷わず飛び込んだ。

魔王はその余裕ぶった口元を更に深く歪ませると、大きく口を開けて大音量の叫び声を上げた。

低い獣の咆哮と、ガラスを引っ掻いたような不快な高音が混じり合った叫びは、それ自体が魔法的ものなのか、耳を塞いでも聞こえてきた。

思わず体が萎縮して立ち止まってしまったが、高レベルの魔法抵抗を持つ俺だからこの程度で済んだようだ。周りの皆はその場に膝を突き、中には失神して床に倒れる者もいた。

声が止むと、魔王はまたブツブツ呟きはじめ、両手を広げて構える。次いで、その手の平が光に包まれた。

「させるかッ！」

あの光は最初に魔王が放った攻撃だと直感し、俺は咄嗟に【テンペスト】を投擲する。

だが魔王はそれを無視して魔法を発動した。

光が膨れ、【テンペスト】がその中に呑み込まれる。

輝度を増し、一気に広がる光が俺達に迫ってくる。

「エリアス様を守れ！」

「耐えろおおおおお」

騎士達が叫ぶ声が聞こえてくる。だがそれも一瞬の事。次の瞬間には全てが光に包み込まれた。

投擲体勢だったので【魔道士の盾】の展開が遅れた。

魔法抵抗スキルが発動して俺を保護してくれたが、それでも猛烈な熱を感じる。両腕を顔の前で組み、腰を落として耐えていると、やがて熱波は止まった。

「み、皆無事かっ⁉」

そう叫んで振り返る。

背後では多くの者が床に倒れており、攻撃に耐え立っているのはごく少数。何人かは命を落としたようで、探知スキルで気配を感じ取れない。

急いでエア達に視線を送ると、幸い彼らは無事のようだ。エアが持つ盾の強化能力と、アルンが張った水の壁という二つのアーティファクトの守りは堅いのだろう。

しかし、まともに受けたセシリャなどは膝を突いて苦しそうにしている。回復しないと戦線に戻るのは難しそうだ。

正面に視線を戻すと、魔王は魔法を発動させた体勢のまま固まっていた。それもそのはず、俺の投擲で頭を吹き飛ばされていたのだ。

「倒したのか……？」

誰かの声が聞こえてきた。だが俺には分かる。あれはまだ死んでいない。

頭のない魔王が動きはじめた。奴が何もない頭部に両手を添えると、瞬く間に頭が生えてきて、厳しい目付きで俺達を睨みつけてきた。

「やはり封剣がないと駄目か……」

ヨロヨロと立ち上がったリシャールが、呟くようにそう言った。

頭を飛ばされて生きている程なのだから、倒すのではなく封印という手段を取ったのも頷ける。

次の一手はどうするか——俺が攻めあぐねていると、フリッツが背後に立った。

「ゼン、任せろ、俺に。俺は勇者、世界を救う者だ。必ず、剣は手に入れる！」

こんな時まで演技をするのかと突っ込みたくなったが、実力的にフリッツならば任せられる。

「分かった。俺が魔王を抑え込んでいるうちに、頼む」

【テンペスト】は投擲したので王座の奥に落ちている。仕方がないので【アイスブリンガー】を取り出して魔王に向かっていく。

魔王は素手で迎え撃つようだ。光を帯びた手の平で、俺の斬撃を防ぎ、空いた手で至近距離から魔法を放ってくる。

俺は【魔道士の盾】や【アイスブリンガー】で切り払って魔法を消す。

そこに魔王の蹴りが飛んできた。体を反らしてこれを避け、反撃に転じようとするが、自由な両手から魔法が放たれて動きを封じられる。

剣術は槍術よりスキルレベルが一つ落ちるので、どうしても俺の動きが悪くなる。

それに加えて武器を捨てた事で魔王は確実に手ごわくなっていた。どう考えてもこれが魔王本来の戦い方な気がする。

ポッポちゃんは天井付近を飛びながら、隙を見ては岩の槍を打ち込んでくれる。狙い澄ました攻撃は度々魔王の動きを妨害して、俺へと迫る攻撃を中断させた。

槍さえあればと思い、一度ルーンメタルの槍を取り出して使ってみたのだが、魔王の攻撃を防ぐには強度が足りないらしい。みるみる変形していくのですぐに投げ捨てた。

俺は再度取り出した【アイスブリンガー】で斬りつける。打ち合う度に俺の体には傷が増えていく。だが、その甲斐あって魔王を引き付ける事が出来た。

魔王と【封剣アビス】の距離が開いたところを見計らって、フリッツが飛び出した。

自分で言うだけあって、良い動きだ。

彼は一気に魔王の横を駆け抜けると、床に倒れているアーネストの死体から剣を拾い上げた。ついでに俺の【テンペスト】も手にしている。

魔王はその様子を見て大きく動き出した。俺もやらせまいと斬り付けたのだが、魔王はそれを無視して一直線にフリッツに向かっていく。

俺の斬撃が魔王の片足を切り落としたが、魔王は痛みを感じないらしく、その動きは止まらない。背中の翼を羽ばたかせ、一気に加速してフリッツに迫った。

フリッツも魔王の接近に気付いていたが、両手は剣と槍で塞がっている。彼ほどの実力者でも、その状態からでは対応が一瞬遅れた。

魔王が作り出した魔法剣が振り下ろされる。

斬撃でフリッツの片腕が切り落とされた。魔王が続けざまに斬りかかる。フリッツは必死の形相で後方に飛び退いてなんとかこれを回避した。

更なる魔王の追撃がフリッツに迫るが、その頃には俺とポッポちゃんが追いついており、三度目の斬撃は当たる前に防ぐ事が出来た。

「ぐっ！　エ、エリアス様ッ！　剣を！」

痛みを堪えながら叫んだフリッツの残された手には【封剣アビス】が握られていた。彼は傷口から血飛沫をまき散らしながらも、エアに向かって剣を投げた。

だがその瞬間、またも魔王が俺の攻撃を無視して範囲攻撃を放つ。その一発がフリッツに向かっていった。

「フリッツ！　避けろっ！」

俺の叫びも虚しく、大量の出血で動きが鈍っているフリッツは、まともに魔法を食らって吹き飛んだ。壁に当たってその場で動かなくなったが、まだ致命的なダメージではないだろう。高レベル、高スキルを持つあいつが、この程度で死ぬはずがない。

俺の希望を込めた考えは当たっていたようで、駆け寄ったアルンが生きている事を確認して、引きずりながらポーションで回復していた。

フリッツが後ろに下がる間も、俺とポッポちゃんは魔王を自由にさせないように、攻撃を繰り返す。魔王は俺達の攻撃を的確に凌ぎ続けているが、その視線は俺達ではなく【封剣アビス】を持つエアに向いていた。

そうこうしているうちに、エアが俺の背後に立った。

「ゼン、やるぞ！　奴を食らえ、アビスッ！」

早速エアが【封剣アビス】を使った。

振り返ると剣から闇が放たれ、俺の背後から魔王へ向かって伸びていく。闇が作り出した漆黒の手が魔王に掴みかかる。

だが、その速度は遅い。巻き込まれないように、俺はエアの隣に飛び退いたが、魔王も同じく後ろに下がって闇から距離を取った。

【封剣アビス】の闇の手には射程距離があるようで、魔王へ届く前に剣に戻ってしまった。

これでは、魔王を弱らせて動きを封じないと捕まえられないだろう。

魔王は封印から逃れたが、その表情は明らかに余裕を失っている。

それにしても、魔王は脅威となる剣を奪い取ろうという動きを見せない。もしかしたら、近付くだけでも恐怖なのかもしれない。

それほど怖いならば、やはりこれを使わない手はない。

ならば俺がする事は一つだ。

「エア、いつでも剣を使えるようにしといてくれ！」

エアの力強い返事を聞き、俺は更にポッポちゃんに向けて言った。

「分かった！　頼んだぞ、ゼン！」

「ポッポッ！　テンペストを俺の手に！」

言い終わると同時に【アイスブリンガー】を構えて魔王へと跳びかかる。

だが、魔王は俺の斬撃をいともたやすく躱すと、エアに視線を送ったまま両手を俺に向けて魔法を連発してきた。

ガトリングのような魔法の連発を、【魔道士の盾】と【アイスブリンガー】で弾き返す。数発は直撃したが、魔法抵抗スキルによる軽減があるので、なんとか耐えた。

魔王の攻撃が続き、次第に魔法の被弾が増えてきた。剣術を使用している今は、どうしても力が及ばない。

体中が激痛に襲われ、足元がふらつく。

だが、その間にもポッポちゃんが床に落ちていた【テンペスト】を掴んで、引きずりながら俺の近くに運んできた。槍はかなり重量があるが、飛行魔法も使えるポッポちゃんなら動かす程度は可能だ。

俺に巻き込まれない距離に【テンペスト】を置いたポッポちゃんが、援護の為に床すれすれを飛び魔王の後ろに回った。

魔王も反応を見せるが、小さいポッポちゃんを撃ち落とす事は出来ない。

ポッポちゃんはそこから一気に部屋の天井付近に飛び上がると、魔王へ向けて稲妻を連発。ダメージは与えられていないが、魔王の注意が逸れ、俺への攻撃が更に和らいだ。

チャンスだ！

俺は数歩先にある【テンペスト】に向けて一気に跳躍し、側転しながら拾い上げた。

激しい動きによって、体中の傷から血が飛び散る。今更ながら自分が受けた攻撃の苛烈さに気付いてしまった。

だが、体勢を戻したのと同時に俺の体は癒やされた。

「マナがもうない！　これが最後だ！」

リシャールが苦しそうにそう叫びながら、回復魔法を飛ばしてくれたのだ。

体に力が戻ってくる。改めて、手にした【テンペスト】を握り直し、ポッポちゃんを標的にする魔王へと突っ込む。

「おおおりゃあああっ！」

俺に気付いた魔王が振り返り、槍の突撃を両手で弾いた。俺は左手に握っている【アイスブリンガー】で魔王に追撃を加える。だが、これは簡単に躱されてしまった。

付け焼き刃で二刀流は流石に無理か。

それでも、【テンペスト】が戻り、ポッポちゃんの攻撃も加わると、剣だけで攻撃していた時よりマシになる。圧倒は出来ないが、一方的に打ち負ける事はなくなった。

それにしても、魔王に消耗している様子がまるでない。半面、俺はそろそろ体力の限界が近付いている。

俺が負ければ、形勢は一気に傾くだろう……

ならば、体力が残っている今、勝負に出るしかない！

【封剣アビス】もこちらの手にあるんだ。後の事はエアに任せて、全力でやってやる！

「はあぁぁぁっ！　てりゃあぁっ！」

気合の声と共に【テンペスト】で連続突きを放つ。

だがそれは、拳で払われて防がれる。魔王は俺にもう一方の手を向けると魔法を飛ばしてきた。

反撃を予期していた俺は、魔法に向かって左手に持っていた【アイスブリンガー】を投擲する。

「食らいやがれッ！」

【アイスブリンガー】は高速回転しながら飛んでいき、魔法を切り裂き、魔王の肩へと突き刺さる。

その直後、魔王の肩が凍り付いた。切り裂いた魔法の片割れが俺に直撃したが、こんなものは先程までに比べれば大した事はない。

俺は剣を引き抜こうとしている魔王に向かって突撃する。

片腕しか動かせない魔王は防戦一方だ。

そこにポッポちゃんの稲妻が魔王の背中に命中して動きが一瞬止まった。

その瞬間、爆発ナイフを取り出し、左手で投擲する。そして自分でも驚くほど流れるような動きで追撃し、魔王の太ももに【テンペスト】が突き刺さる。

俺の連続攻撃は全て魔王に当たった。

だが、魔王もただでは転ばない。爆発ナイフを手で掴むと、爆発に俺を巻き込まんとしてこちらに腕を伸ばしてきた。

直後、魔王の手が爆発し、その衝撃で俺は思わず顔を引っ込めてしまう。

魔王は【テンペスト】の刃風が起きる前に、爆発で損傷した腕で俺を抱え込み、凍ったままの腕をわずかに動かし、俺の腹部に魔法を連発してきた。

その衝撃で体がまっすぐ真後ろへと吹き飛ばされる。かなり強引に仕掛けて良いところまでいったと思ったが、総合的な実力では向こうが上らしい。

逆にやられてしまい、思っていたほどのダメージは与えられなかった。

俺はガツンと背中から床に激突する。

衝撃で呼吸が出来ない。

仰向けになったまま苦しんでいると、片足で立つ魔王の姿が見えた。

目が合うと魔王がニヤリと笑う。俺が少しの間動けないと分かっているのだろう。

魔王は両腕を横に伸ばす。そして何をするつもりなのか、力を溜めはじめた。

俺は急いで立ち上がろうとするが、まだ激痛で指一本動かせない。精神集中出来ず、回復魔法さえも使えない。これは流石に終わったか……

諦めかけた瞬間、俺の体が後ろから柔らかい何かに抱きかかえられた。

「ヒールッ！　ヒールッ！　ゼン様っ、駄目なのです！　死んじゃ嫌なのです!!」

泣きじゃくるアニアの声が耳元で聞こえた。

同時に、回復魔法を受け、段々と体が軽くなる。

これならいける——急いで立ち上がろうとすると、俺の背後からアニアだけでなく、多くの人達が魔王目がけて駆けていた。

だが、一歩遅かった。

力を溜めていた魔王は俺を一瞥すると、両腕を自分の前で振るう。

その瞬間、力の波のようなものが走り抜ける。

俺は探知スキルで数えきれないほどの気配を捉えた。一つ一つは小さいが、探知範囲を埋め尽くす数だ。この部屋の中には感じられないが、外で大量の何かが出現したらしい。思わず探知を最大限伸ばすと、それは俺が捉えられる範囲の至る所に出現していた。

両腕をだらりと戻した魔王がブツブツと「……軍勢は動き出した」とか言っている。

だが、それは悪手だ。何故なら、この召喚で大分力を使ったのか、魔王の力が急激に衰えたからだ。間違いなく今がチャンスだ。

俺は腹の底から声を出しながら、震える体を起こした。

「うおおおおおおおおッ！」

「ゼ、ゼン様ッ！　動いちゃ駄目なのです！」

まだ回復途中で、アニアが焦った声を出すが、それを無視して魔王に向かって助走をはじめる。

三歩の助走を取り、吹き飛ばされても手放さなかった【テンペスト】を、渾身（こんしん）の力を込めて投擲した。更にその勢いのままルーンメタルの槍を取り出して追加で投擲をする。

二本の槍が魔王に迫る。

奴は「……街は血の海だ、フハハ」と笑いながら、無防備に攻撃を受けた。腹には【テンペスト】で大きな風穴を作り出し、頭部をルーンメタルの槍で貫かれていた。

そこに更にポッポちゃんの岩の槍が降り注ぐと、魔王に向かっていた騎士達の魔法が飛来する。

ついに訪れた絶対の好機に、俺は声の限り叫んだ。

「エア今だ！　やれっ！」

「おうっ！　食らえ、アビスッ！」

エアが剣をかざして躍り掛かる。

【封剣アビス】が闇を生み、床に倒れた魔王を呑み込んだ。

闇は魔王を剣の中へと引きずり込んで瞬く間に収束する。

そして、魔王の気配は蒸発したかのように消えた。

エアは剣を見つめながら、周りに確認するかのように言った。

「ふ、封印は出来たみたいだ。アビスの〝中にある〟と感じる……」

「あぁ、完全に魔王の気配は消えたな。だが、ぼーっとしてる暇はないぞ。魔王は封印出来たが、新しい仕事が増えやがった」

魔王は最後に、かなり広範囲に魔物を召喚したみたいだ。

強さはゴブリン程度だが、市民にとっては恐るべき存在だ。それに、数も多い。

俺の探知ではこの部屋から少し離れた場所で、兵士達と戦う気配を捉えている。

軽く自分を回復し、重傷者の治療をしていると、部屋に兵士が駆け込んできた。

「街全体に悪魔が湧きました！　各部隊は善戦しておりますが、何分数が膨大です！」

やはり俺の探知範囲外にも湧いていたみたいだ。

「よし、エア、最後の仕事だ。アニアは治療を続けてくれ。アルン、セシリャ、ポッポ、もうひと踏ん張りしに行くぞ！」

まったくもって忙しい。

魔王を封印したのだから、少しくらい休ませて欲しいが、そうもいかない。

俺達は復活してきた騎士達と共に、最後の掃除に向かったのだった。

エピローグ

魔王との戦いから数ヵ月が経ち、人々の生活にも平穏が戻った。

俺はエゼル王国王城の一室で目を覚ました。

ベッドの隣のキャビネットの上には、まだ寝息を立てているポッポちゃんがいる。

彼女を起こさないように注意しつつ、俺はバルコニーに出た。

そこからは王都の街並みが一望出来る。

まだ朝日が昇りきっていないというのに、忙しなく動く人の姿が多く見えた。

駆け出し商人の少年が大きな荷物を片手に走り、冒険者の一団はこれから王都を出るのか、露天で何かを買い込んでいる。

何度か行った事のある飲食店の煙突からは白い煙が見えている。パンでも焼いているのだろう。

一ヵ月近く王都で過ごしているが、相変わらずこの景色は素晴らしい。転生してから五年近く経っても、ここは俺が元いた場所とは違う、異世界なのだと実感させてくれる。

王都の朝は毎日こんな感じで活気があるが、今日はいつもと少し違う風景が見えてきた。

多くの人が路上に出て、椅子や机を置き出したのだ。

ここから見渡せる王都全体でそんな光景が広がっている。

景色を眺めていると、部屋のドアがノックされた。

気付けば、大分陽が昇っていた。随分と長い間この風景に目を奪われていたらしい。

またノックされたので返事をすると、鍵のかかっていなかったドアが開かれた。

「ゼン様、もう起きてたのですね。寝てたら優しく起こそうと思ったのにー」

アニアが微笑みながら部屋に入ってきた。

「優しくって、またベッドに潜り込んで起こす気だったのかよ。誰かに見られたら怒られそうだからやめてくれ」

「えぇ！　なんで駄目なのですか⁉　私はもうゼン様の恋人だからいいのです！」

「いやまあ、そうかもしれないけどさ……。周りの目ってやつが……」

アニアは先日、俺との奴隷契約を解除して、今では俺の恋人として傍にいる。

元からよく甘えてくるアニアだが、最近はそれに拍車がかかってきた。

成長著しい彼女に迫られると、理性が飛ぶのも時間の問題だと思いはじめている。

「今日はこっちの服なのです。はい、上を脱いでください」

アニアはそう言いながら俺が今日着る服を用意してくれた。

奴隷時代同様、彼女は率先して俺の身の回りの世話をしてくれる。俺が自分でやると言っても聞かないので、為されるがままだ。

普段とは違う、この国の正装といえる宮廷服に身を包むと、アニアが嬉しそうに微笑んだ。

「やっぱり貴族ゼン様も良いのです！　紫と金も捨て難かったけど、白と赤も素敵なのです！」

今着ているのは白を基調とした豪華な服だ。

貴族御用達の店であつらえたので、この姿を見たら誰も俺を平民だと思わないだろう。

「そこまで絶賛されると恥ずかしいんだが……。って、アニアはいつ着替えるんだ？」

「私はこれからジニーちゃんのところで一緒に着替えるのです。だから、後でちゃんと見せますね？」

「おう、期待してるよ。まあアニアなら何を着ても可愛くなってくれるだろうけどな」

「はいなのです！　頑張ってくるのです！」

アニアが気合を入れてそう言った。やたらと目に力が入ってるので、本気で着飾るようだ。

俺の着替えが済むと、アニアは部屋から出ていった。

朝っぱらからイチャつくのも悪くないな！

俺とアニアの話し声で、ポッポちゃんは目を覚ましていた。普段とは格好が違うからか、彼女は俺をジーっと見つめている。

「ポッポちゃん、この格好はどうだ？」

腕を広げて姿を見せると、ポッポちゃんは「あたしと一緒の色なのよ！」とご満悦の様子だ。クルゥクルゥと鳴きながら、俺に向かって羽ばたいてきた。

そんなポッポちゃんを腕に抱きながら部屋を出ると、アルンが部屋の外で待っていた。

「ゼン兄さん、おはようございます」

「おはよう、アルン。今日は決まってるな」

アルンの格好も俺と同じく宮廷服で、デザインは俺より若干装飾が控えめだ。

アルンも奴隷契約を解除した。今は俺の側近になるべく、王軍の幹部候補生に交ざって、軍学校で戦術やら執務やらを学んでいる。

これは以前から考えていた事らしく、エアからの褒美としてその進路を手に入れていた。

なんだか勝手に俺の側近になると決めたようだが、弟同然のアルンが身近にいてくれるならば、これほど嬉しい事はない。

「ナディーネさんにはもうその姿を見せたのか？」

一緒に暮らしているナディーネやマーシャさんも、王都に呼び寄せている。

「はい、朝一で会ってきました。……可愛いって言われちゃいましたけど」

「ははは、まだ弟気分が抜けないんだな」

奴隷契約を解除したアルンが真っ先にした事は、自分の気持ちを想い人のナディーネに伝えた事だった。

その時ナディーネは「アルンはまだ弟の感覚だ」と言って答えを保留したらしいのだが、後で彼女と直接話をしてみたら、恥ずかしくて返事が出来なかったからそう言っただけだと、顔を赤くしていた。

あっちも落ちるのは時間の問題だろう。この手の事に関しては本当に恐ろしい双子だ。

城の通路にはアルンの他にも城に勤める使用人がいて、彼の案内で、とある一室に通された。

部屋の中ではエアが椅子に座って待っていた。

「ははは、良いんじゃないか？　鎧姿より似合ってるぞ。アルンも立派に見えるな。どうだ、俺の側近として城勤めをしてみては？　待遇は考慮するぞ」

「顔を合わせるたびにアルンを勧誘するのは、いい加減やめてくれ……」

「少しくらいは良いだろ。ゼンだけが兄と呼ばれるのはズルいぞ」

「そんな理由で勧誘するなよ！」

　馴れ馴れしい物言いをしたが問題はない。この部屋にいる使用人達は元々エアと共に旅をしていた古参だからだ。

　エアの近くで給仕をしていたグウィンさんが、俺達を見て忙しそうに言った。

「エリアス様、今日は時間がありませんので、この辺で」

「そうだったな。ゼン、アルン早速朝食にしよう」

　グウィンさんが普段は見せない多忙な様子を見せているのも、王都の様子や俺達の格好がいつもと違うのも、全て今日この後に行なわれるにエアの戴冠式(たいかんしき)の為だ。

　エアも普段とは違って、動きにくそうなゴテゴテとした服装をしている。

　席に着いた俺は、朝食が運ばれてくるのを待ちながら言った。

「それにしても、やっとだな」

「あぁ、思った以上にアーネストを慕う者達が多かったな。彼らの抵抗がなければ一ヵ月は早められたんだが」

　あの魔王との戦いの後も、敵対諸侯の処理に追われる日々が続いた。

アーネストのもとで利権を貪(むさぼ)っていた一部の貴族達が結集して、エアに根強く抵抗したのだ。

それが終わっても、まずは治世の安定を優先させた為、戴冠式は本来の予定より大分遅れる事となった。

俺は改めてエアに確認した。

「俺達に敵対した諸侯の排除は済んだし、生き残ったアーネストの息子達の国外追放も終わったから、当面の安全は確保出来たんだよな？」

「そうだな。これで今日無事に戴冠式が終われば、名実共に俺は王になる。そうすれば、当分は歯向かう者も出ないだろう」

ちょっと言い方が過激だが、結果的には力で権力を掌握(しょうあく)したんだ。このくらいがちょうどいいだろう。

ポッポちゃんに野菜を与えながら食事を取っていると、エアが思い出したかのように口を開いた。

「ところで、ゼンは褒美をどうするか決めたのか？」

「う〜ん、もう少し待ってくれ」

「おいおい、いい加減決めてくれ。考えあぐねているなら俺が提案したアレにするぞ？」

「この歳で盆栽(ぼんさい)をはじめる気はないんだよなぁ……」

エアが言うアレとは、王都と接する領地を俺に与えるという案だ。

かなりの好条件というか、領地をもらうので子爵辺りを受爵(じゅしゃく)する事になる。

貴族様の仲間入りが出来るなら、普通は迷わず飛びつく内容だろう。

だが、一度その候補地を見に行った俺は躊躇していた。

何故なら、その領地の運営は恐ろしくイージーモードに見えたからだ。

王都に隣接しているので治安や物流が安定していて、土壌（どじょう）も肥沃（ひよく）で農作物も豊富に採れる。

もしあの領地を手に入れたら、俺は日がな一日地元産のワインでも片手にボーっと過ごしていそうだと想像してしまったのだ。

土地に縛られるかどうかは自分次第だろうし、豊かな土地なら、その分他の事に投資も出来るのだが、なんの苦労もなくそれを手にして良いのかという迷いがある。

しかし、ジニーと一緒になるには貴族になる事は必須だ。

それに、エアの近くで彼を支える事も、今の俺には重要だ。

なかなか難しい問題なんだよな……

頭の中で答えを考えていると、エアが困った表情をして言った。

「まあ、そこまで悩むなら無理強いはしないさ。ゼンがいなければ今日の俺はなかったんだ。納得いくまで考えてくれ」

そう言うと、エアは笑いながら席を立った。

「それじゃあ俺は最後の準備をしてくる。また後でな」

「あぁ、緊張して失敗するなよ？」

「……もし王冠がずり落ちても笑うなよ？　その時は王の初仕事として、ゼンに懲罰を下す事になってしまう……」

そう言って、エアはニヤリと不敵に笑う。

「いきなり暴君みたいな事言うな。ほら、グウィンさんに怒られるから、早く行けよ」

軽口を叩きながらエアを部屋から追い出すと、静かに食事をしていたアルンが言った。

「エア様が王様になったら、もうこんな風に喋れないんですかね？」

「なんだそんな寂しそうな顔をして。俺は今後も関係なくやるつもりだぞ。アルンも気にしないでエア兄様ぐらい言ってやれよ」

「国王様をそんな呼び方したら怒られそうですよ」

生真面目なアルンの考え方に、俺は少し笑いながら言った。

「それなら問題ない。今やアルンに文句を言える存在は、この国でもごくわずかな諸侯だけだ。何せ、エアが〝俺の身内宣言〟をしてるんだからな」

アルンが幹部候補生に交ざって訓練に参加した初日、何故かエアがそこに同行していたのだ。その時、挨拶を求められたエアは、王族モード全開で幹部候補生達を激励した。

そこまでは良かったのだが、話の最後に「このアルンは私の弟のような存在だ。皆、気にかけてやってくれ」と宣言した。

それ以来、アルンは一目置かれるどころか、その辺の諸侯の子弟よりも扱いが良くなっている。

本人はそのせいでかなり苦労しているようだけど。

「ゼン兄さんはエア様の言葉が原因みたいに言いますけど、あの日テンペストを片手に睨みを利かせていた兄さんのせいでもあるんじゃないですか……？　この前廊下で肩がぶつかった人が、魔槍様には言わないでくださいって、泣いて謝りましたよ」

うむ、俺のせいでもある……かな？

俺はアルンの咎めるような視線から目を逸らし、スープを飲み干して朝食を終えた。

まだ戴冠式まで時間はあるので、そのまま部屋でアルンと一緒にポッポちゃんの相手をしてると、ドアの向こうによく知っている気配を感じた。

すぐにノックがあり、アルンがドアを開けると、そこには着飾ったジニーとアニアが並んで立っていた。

二人は肩甲骨（けんこうこつ）をむき出しにした白いドレスに身を包んでおり、普段とは違うやや濃いめの化粧を施している。デザインに違いはあれど、二人のドレス姿はどちらも美しい。

それはまるで、ウエディングドレスのような印象だ。

俺と視線が合うと、二人はニコリと笑う。その表情もいつもより大人びていて、思わず喉を鳴らしてしまった。

俺が何も言わずに目を奪われていると、ジニーが眉間にしわを寄せながら言った。

「ちょっとゼン、何か言う事はないの？」

「あぁ……すまない。二人ともあまりに綺麗で、何も言えなかったよ。本当に驚いた」

「そう、ならいいわ。アニア、ゼンは気に入ってくれたみたいよ」

「はぁ～、良かったのです。ちょっとお化粧が濃いかなって思ってたから、安心なのです！」

俺の返答に表情を和らげたジニーに、アニアが少し気の抜けた表情で応えた。

樹国に匿われていたジニーは、敵対諸侯が大方片付いた頃を見計らって俺が直接迎えに行った。

エゼルに帰ってきてからは、今まで離れていた分を取り返すかのように、毎日会っている。

立場上ジニーとはアニアみたいにオープンな付き合いはしていないが、身内だけの時は恋人として接していた。要するに、俺は今事実上ジニーとアニアの二人と付き合っているという事になる。

これには二人が反発するかと思ったが、既に何やら話がついているらしく、なんの問題も発生していない。

そもそも、この国では一夫多妻や一妻多夫が普通に認められている。

しかし、まだ俺の中に残る日本人としての心が、本当に良いのかと語りかけてくる。

「じゃあ、後でね、ゼン。アニアは借りていくわね。戴冠式が終わったら、またお話ししましょ」

「えっ、もう行っちゃうのか？」

「何言ってるのよ。私も今日はやる事が一杯で忙しいって、知ってるでしょ？」

「それはそうだけど、もう少しドレス姿を見せてくれてもいいじゃないか」

「それなら、後でいくらでも見せてあげるから、式が終わるまで大人しくしてなさい」

「は、はい……」

最近のジニーは王になるエアを手助けするべく、意欲的にこの国の政治に携わっている。

そのせいか、最近俺は言い負かされっぱなしだ。

このままでは早くも尻に敷かれそうだ……

まあ、あの引き締まった可愛いお尻に敷かれるのなら、喜ぶべきか。

そんな事を考えながら、俺とアルンは使用人の案内で戴冠式の会場となる大広間へと移動した。

いつもは部屋の広さに対して家具などが寂しく置かれている大広間は、落ち着いた雰囲気ながら高価な調度で飾られている。

それだけではない。部屋にはこの国のお偉方が一堂に会していた。

エアに近い位置ほど爵位の高い人がいて、そこには侯爵であるエゴン・レイコック様やその息子であるローワン様、俺が夫人と娘を救ったシドウェル侯爵もいる。初めて見る人物の中には、獅子(しし)の獣人である北の侯爵フラムスティード様なども見えた。

その他にも、戦場で共に戦った多くの諸侯が連なり、会場を埋め尽くしている。その中には美しく着飾ったマルティナや、その父親のシューカー伯爵の姿もあった。マルティナが俺に向かって笑顔で手を振ると、シューカー伯爵がこちらを睨んでくる。あそことは、今後もひと悶着(もんちゃく)ありそうだな……

皆が揃って今か今かとエアの登場を待ちわびている。

やがて、エアが登場する正面の扉が開かれた。

今まで私語をしていた諸侯の声がピタリと止まる。

場は一気に緊張感に包まれ、エアの登場を待った。

ややあって、数人の騎士に守られる形でエアが登場した。その表情は凛々しく、今朝とは別人のようだ。

ゆっくりとした歩調で大広間に入ると、階段を上がり、壇上で待っていた王都の神殿長の前で跪（ひざまず）く。

エアは数点の装飾品を受けとり、身に纏った。

装飾の中には【封剣アビス】も含まれており、今それはエアの腰に収まっている。

最後にエアの頭に王冠が載せられると、エアは大広間の奥に設置された椅子に座った。

その瞬間、大広間は歓喜の声に包まれた。

この場にいる誰もが手を叩き、エアの名前を呼んでいる。

俺も気が付いたら叫んでいた。頭に今までの思い出が浮かんできて、俺の視界はいつの間にか涙で歪んでいた。

王として即位したエアの周りには、この国の実力者が揃い、深々と頭を垂れている。

俺はそれを見て、ようやく一息つけると、初めて肩の荷が下りた気がした。

今のエアならば、俺が身の安全を心配する必要はないのかもな。

そう思うと若干寂しいが、一方で喜ぶべき事でもある。

ならば、俺は少し落ち着いて、今後の事を考えるのも良いかもしれない。

エアが望む通り、貴族になってこの国の治世に携わるのもいいだろう。

日本ではサラリーマンだった俺が、そんな風になるなんて思いもしなかった。

あの時、子供を助けて死んでいなければ、決して辿り着かなかった場所だ。

だが、それをするのは早い。

この世界に転生してまだ五年。肉体年齢もまだ十五歳だ。

落ち着いて余生を過ごすには若すぎる。

今やすっかりこの新しい体に馴染んでいる俺の心は、少年だったあの日のように、尽きる事のない未知への探究心で満たされている。

まだ見ぬ土地へと旅をしたい。

まだ見た事のない種族にも会ってみたい。

そして、俺を魅了して止まない神からの賜物であるアーティファクトを手にしたい。

いつか全身をアーティファクトで固め、あの魔王すら圧倒する力も手に入れられるだろう。

この世界には多くの未知がある。

望めばそれをいくらでも楽しめる。

それがどんな困難だろうが、仲間と一緒ならば乗り越えられるはずだ。

そう、全ては俺の思うがままだ。

俺は二度目の人生をこの世界で生きていくのだ。

超人気異世界ファンタジー THE NEW GATE
スマホアプリ絶賛配信中！

生前SEやってた俺は異世界で…

大樹寺ひばごん
Daijuuji Hibagon
I used to be a System Engineer, but now...

魔術陣=プログラミング!?

前世の職業で異世界開拓!

アルファポリス第9回ファンタジー小説大賞優秀賞受賞作!

職歴こそパワー!のエンジニアリングファンタジー!

異世界に転生した、元システムエンジニアのロディ。

魔術を学ぶ日が来るのをワクテカして待っていた彼だったが、適性検査で才能ゼロと判明してしまう……。

しかし失意のどん底にいたのも束の間、誰でも魔術が使えるようになる"魔術陣"という希望の光が見つかる。

更に、前世で得たプログラミング知識が魔術陣完成の鍵と分かり——。
●定価:本体1200円+税 ●ISBN978-4-434-23012-7
illustration:SamuraiG

MATERIAL COLLECTOR'S
ANOTHER WORLD
TRAVELS
素材採取家の
異世界旅行記
木乃子増緒
KINOKO MASUO
異世界には
へんな素材が
盛り沢山!
なにこの異世界…
楽しすぎっ!
第9回アルファポリス
ファンタジー小説大賞
大賞 読者賞
W受賞作!
ヘンテコ素材を採取して、
目指せ、異世界一周大旅行!
ひょんなことから異世界に転生させられた普通の青年、神城(かみしろ)タケル。前世では何の取り柄もなかった彼に付与されたのは、チートな身体能力・魔力、そして何でも見つけられる「探査(サーチ)」と、何でもわかる「調査(スキャン)」という不思議な力だった。それらの能力を駆使し、ヘンテコなレア素材を次々と採取、優秀な「素材採取家」として身を立てていく彼だったが、地底に潜む古代竜と出逢ったことで、その運命は思わぬ方向へ動き出していく――
◉定価:本体1200円+税
◉ISBN978-4-434-22917-6
◉Illustration:海島千本

アルファポリス「第9回ファンタジー小説大賞」
優秀賞受賞作！

友人達と一緒に、突如異世界に召喚された男子高校生ヒビキ。しかし一人だけ、だだっ広い草原に放り出されてしまう！ しかも与えられた力は「鑑定」をはじめ、明らかに戦闘には向かない地味スキルばかり。命からがら草原を脱出したヒビキは、エマリアという美しいエルフと出会い、そこで初めて地味スキルの真の価値を知ることになるのだった……！ ギルドで冒険者になったり、人助けをしたり、お金稼ぎのクエストに挑戦したり、新しい仲間と出会ったり——非戦闘スキルを駆使した「鑑定士（仮）」の冒険が、いま始まる！

◉定価：本体1200円＋税　◉ISBN 978-4-434-23014-1

◉Illustration：しがらき

一星（いっせい）

東京出身。2015年5月ウェブ上で「アーティファクトコレクター —異世界と転生とお宝と—」の連載を開始。同年、アルファポリス「第8回ファンタジー小説大賞」優秀賞を受賞。2016年出版デビュー。犬が苦手だが、いつかは克服して仲良くしたい。

イラスト：オズノユミ

本書は、「小説家になろう」（http://syosetu.com/）に掲載されていたものを、改稿のうえ書籍化したものです。

アーティファクトコレクター —異世界と転生とお宝と— 5

一星（いっせい）

2017年3月31日初版発行

編集ー仙波邦彦・篠木歩・太田鉄平
編集長ー塙綾子
発行者ー梶本雄介
発行所ー株式会社アルファポリス
〒150-6005東京都渋谷区恵比寿4-20-3恵比寿ガーデンプレイスタワー5F
TEL 03-6277-1601（営業） 03-6277-1602（編集）
URL http://www.alphapolis.co.jp/
発売元ー株式会社星雲社
〒112-0005 東京都文京区水道1-3-30
TEL 03-3868-3275
装丁・本文イラストーオズノユミ
装丁デザインーansyyqdesign
印刷ー中央精版印刷株式会社

ISBN978-4-434-23156-8 C0093